戴逸如　著

星斗满天

上海交通大学出版社
SHANGHAI JIAO TONG UNIVERSITY PRESS

内容提要

本书收录了戴逸如先生近年来在上海《新民晚报》上发表的图文专栏精华内容，其画作线条流畅、意蕴深邃，文章主要以牛博士和马妞两个人物的对话形式展开，话题论及当下社会生活的方方面面。

图书在版编目(CIP)数据

星斗满天/戴逸如著.—上海：上海交通大学出版社，2021
ISBN 978-7-313-23723-1

Ⅰ．①星… Ⅱ．①戴… Ⅲ．①中国文学–当代文学–作品综合集 Ⅳ.
①I217.2

中国版本图书馆CIP数据核字（2020）第166537号

星斗满天
XINGDOU MANTIAN

著　　者：戴逸如
出版发行：上海交通大学出版社　　　　地　　址：上海市番禺路951号
邮政编码：200030　　　　　　　　　　电　　话：021-64071208
印　　制：苏州市越洋印刷有限公司　　经　　销：全国新华书店
开　　本：787mm×1092 mm　1/32　　印　　张：9.5
字　　数：196千字
版　　次：2021年1月第1版　　　　　　印　　次：2021年6月第2次印刷
书　　号：ISBN 978-7-313-23723-1
定　　价：78.00元

　　一个戴着贝雷帽的神奇人物，忽而翱翔在天，忽而奔走在地，忽而远古，忽而未来，忽而中国，忽而海外。他的身份时常在变，有时是学者，有时是顽童，有时是医生，有时是美食家，有时是古哲人，有时是今智者。他大睁着铜铃般的圆眼，对世间一切都表现出勃勃兴致，发表着与众不同的看法。他机智而不浮泛，俏皮而不油滑。用一句时髦的话来形容，这是一个有文化底蕴的人物。这位神奇人物，是戴逸如先生创造的"牛博士"。

——赵丽宏

几十年来，牛博士与古今中外、男女老少各种角色，在多种媒体上协同"演出"。本书由牛博士与马妞共同奉上，一个逗哏，一个捧哏。欲了解这些角色的创作始末，可扫描以下二维码，获得更多信息。

（视频二维码原载《妙笔生辉 —— 上海图书馆藏名家手稿》，上海人民出版社，2019年11月）

外滩三号码头：
戴逸如曾经的水手人生（代序）

沈轶伦

起风了，已经快到黄浦江入海口了，这里万籁俱寂。夜幕降临后，黑暗笼罩，极目远眺，已经丝毫不见陆地灯火。

泥驳船停在江上，戴逸如站在甲板上。顶上是星光璀璨，船下是江波滔滔。船身随着波浪起伏，他的身体也随之起伏。1971年，在远离城市喧嚣的船上，戴逸如作为一名小水手，看到了繁华上海不为人熟悉的这一个角落。

1968年，戴逸如高中毕业后被分进上海长兴岛前卫农场果园。等到1971年听说能回市区工作，已然是欣喜万分。等到上班报到后，戴逸如发现自己被分配进上海航道局。航道局是做什么的呢？彼时他还一无所知。20岁刚刚出头的青年，就这么因缘际会，循着水流而下，触摸到上海发展的源头。

110岁的"浚浦局"

上海，因水而兴。

不过在17世纪前，上海港航道无专门管理机构。

清道光二十二年（1842年）鸦片战争后，不平等的《南京条约》规定把上海辟为通商口岸。上海被迫对外开埠以后，进入上海的外国商船数量增多，吨位提高，产生了航道水深与船舶吃水不相适应的矛盾，外国列强普遍关注黄浦江航道的治理。清同治元年（1862年）起，由港务长管理港口内外的航标、灯船及航道测量。同治七年，海关设船钞部（又称海务处），在上海建立中央区巡工段，设巡工司（又称上海巡工司），主管本港助航设施。中日甲午战争后，西方列强企图通过《马关条约》得到黄浦江航道疏浚权，未能得逞。光绪二十七年农历七月二十五日（1901年9月7日），清政府不得不全盘接受帝国主义要求，被迫在《辛丑条约》中写进关于疏浚黄浦江航道的内容。

光绪三十一年九月初六（1905年10月5日），皇帝在《改订修浚黄浦河道条款》奏折上朱批"知道了"后不久，上海道台袁树勋奉命于同年十二月初一（1905年12月26日），设立"浚浦工程总局"，实行总工程师负责制，第一任总工程师为荷兰人奈格。经过四年整治，下游新航道水深由2—3英尺（0.6—0.9米）增深到19英尺（5.8米），并逐步得到刷深，这对上海港的航运贸易产生积极影响，这一时期无论进出口净值还是出口总值都增长了一倍以上。

宣统二年（1910年）改设善后养工局。民国元年（1912年）重设开浚黄浦河道局（简称浚浦局），先后主持航道整治及管理。浚浦局的主要职责，除疏浚整治上海港航道设立保护航标外，凡港域内所有挖河，修缮、建造码头，均须报经该局核准。

等到日军侵华时，浚浦局损失惨重，日军扣留并强行"租"

用大批船只去日本，1938年10月28日，上海《申报》称："上海浚浦局被日方所扣挖泥技术船，计有建设、海马、海龙、海虎、测量船等大小十艘。近以黄浦水流及航路均已引起重大影响，淤泥日积，致河床日狭。"国难当头，众多浚浦局职工弃业从戎。

新中国成立后，曾被帝国主义和官僚资本主义控制多年的上海港口治理养护权，终于回到人民手中，经过多次更名，1964年，被划归交通部北方区海运管理局领导，同年9月更名为上海航道局。

1971年，国产挖泥船"劲松""险锋"投入长江口使用。为了尽快改变港口面貌，国家先后投资3.3073亿元，引进大型耙吸式挖泥船等十余艘。

也就是在1971年，当戴逸如兴冲冲去位于海关大楼内的上海航道局报到时，满心以为自己从此可以在这幢"高大上"的外滩建筑里上班了，然而工作人员却把新来的小伙子们领到了东风饭店对面的外滩三号码头。

跨过防汛墙、走过长长的栈桥码头，江风凛冽，天气也阴沉下来。戴逸如心里一凉，只见眼前随着江潮起伏着一座庞然大物，是三条已经破旧的趸船，原来这才是上海航道局船队办公室。

从码头出发

外滩三号码头，这个如今已经不存在的地址，当年是几百名船员集中水上办公，以及每天搭乘交通船上班的地方。

当时，黄浦江上，百舸争流，各种工程船舶遍布。第一天上班，在登上趸船后，戴逸如和其他新员工又被带领上了交通船，被逐一送去江上各处工程船上工作。随着一次次停靠，伙伴们一个个被安排下船去了不同的工程船，而戴逸如的目的地还没有到。船越开越远，风景中的人烟越来越稀少，交通船一直开到吴淞口才停下来，只见眼前漂浮的浮桶上，停着一条吃水很浅的空驳船，这就是戴逸如上班的地方了。

这艘船两面是钢板空气舱，中空，可开底，被戏称为"脱底棺材"，专门用于将疏浚出的河泥拖到长江口排放。船上十几个水手，清一色的男人。上一次班就是上船住三昼夜。初来乍到，戴逸如负责系缆绳和冲洗甲板等。但就是这样看似简单的活也蕴含风险，有一次他被挖泥船忽然抽动的缆绳迎头砸在脸上，顿时帽檐粉碎，满面血流不止。

江上的生活是单调枯燥的，工余闲暇时，戴逸如自己抽出书本阅读，一边安慰自己，"嗯，美国著名大作家马克·吐温，也是密西西比河上的水手出身。"

就做小小航标灯

有一个细节，戴逸如一直不能忘记。

那是在吴淞口上班的日子，夜里睡在船上，四下没有了市声喧嚣，只闻波浪声和船的马达声。他发现在水路上，隔一段路就有一点不起眼的灯光，光线微弱，但有规律地持久不灭。他心头一震，便问老水手，老水手告诉他，这就是航标灯。

戴逸如猛然想起，当时有一部海军纪录片的主题曲——《航标兵之歌》里这么唱过："年轻的航标兵用生命的火花，点燃了那永不熄灭的灯光。"歌曲旋律极优美，在年轻人中传唱甚广，而自己却是第一次看到真正的航标灯长什么样子。这个瞬间，对于戴逸如来说，犹如一个醍醐灌顶的启示："一个人活在世上，不一定去奢望如日月星辰一样耀眼，只要做一个有用的人，就像这航标灯一样，微弱而不可缺，就行了。"这个对于别人来说一闪而过的场景，却在之后影响了戴逸如一生。

不久，因为能绘画又会写文章，戴逸如被从泥驳船调回外滩三号码头，加入工人创作组的美术组。为了采风，他登上了沿江的各种挖泥船、吹泥船、拖轮和泥驳船，每天画速写、采访工人、体验生活，有时一天的素材就画满了一本速写本。

回到外滩三号码头，在随浪起伏的趸船里绘画、阅读、吃饭，都习惯了。水浪的声音和节奏，成为那几年里戴逸如最熟悉的环境。

1991年，外滩综合改造工程中，按千年一遇的标准，黄浦江沿线208公里防汛墙都要由当时的5.8米加高到6.9米，从外白渡桥东侧起，到十六铺为止共1852米防汛墙，由当时防汛墙的位置向江中推出6至39.5米不等。结合这一段新建防汛墙工程，外白渡桥至延安东路之间的所有码头全部搬迁，防汛墙边建人行步道。在所有被搬迁的码头中，外滩三号码头的名字赫然在列。

戴逸如此时已经离开上海航道局，调到上海市新闻出版局工作，1992年起在《新民晚报》担任编辑。但当年在江上度过的那段日子，决定了他日后的方向，他常年用醒世的"文并图"形式，提醒着人们对不良现象保持警惕。

一如当年在江面上，这位年轻的水手曾对着航标灯许下的心愿："尽管我的作用是微小的，但也会尽力做一个对世风、世人有用、有帮助的人。"

（原载《解放日报》2016年4月15日）

小沈此文，不徐不疾写来，从容、平实、有回味，颇耐咀嚼。承蒙应允，借作代序，谨致谢意！——著者

目 录

樱桃好吃

（●牛博士▲马妞）

●我拟了段话，你看看，像不像你的腔调：

是，我有听过。我好像还记得一些旋律。这是首老歌呀："樱桃好吃树难栽，不下苦功花不开。"嗨，是首古老的歌呀，古老得好像是上辈子的摇篮曲似的。

樱桃好吃——好吃就吃呗，上淘宝呀，啦啦啦啦，门铃叮咚一响，快递小哥把新鲜樱桃送到我嘴里来啦。难道不是吗？

奇怪耶，吃樱桃，这跟栽树有半毛钱的关系吗？樱桃长在树上还是长在地上？跟我有半毛钱关系吗？哪怕是生在云端长在月亮也无妨，好吃就行。

笑死人啦，为了吃颗樱桃让我去种树？拜托，还要"不下苦功花不开"？别，别跟我忆苦思甜！反正我是只管吃樱桃的啦，我又不会去买个农庄。种树？犯傻？难道我想坐飞机还得去造飞机？神经病！别杞人忧天啦。樱桃树总归会有人种的啦。蓝莓会有人种的，牛油果会有人种的，榴莲会有人种的——没错没错，什么奇果异果都会有人种的——没人种更好，进口更安全。啦啦啦啦，上淘宝，好吃的水果统统来，幸福的花儿遍地开！

▲想黑我？全部删除！立刻！马上！

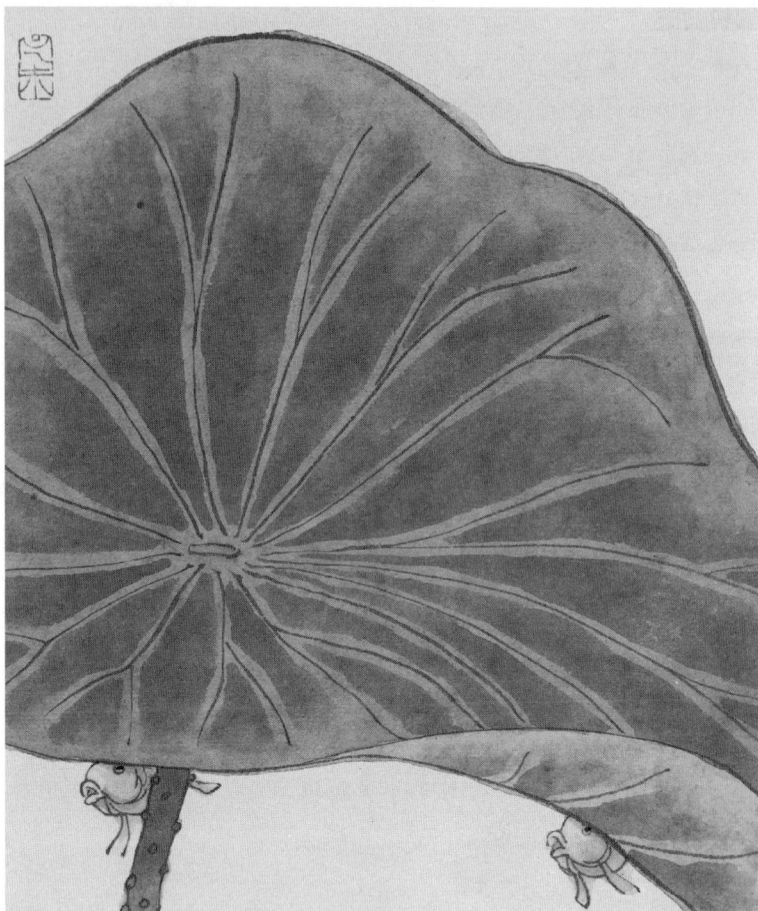

读出了滋味

（牛博士对马妞说）

阅读这种事，搞硬性规定必然是瞎子点灯——白费蜡的。阅读正如饮食，尝到过美滋味的食客，你禁他也难。

唐代有一种颜色叫"退红"，陆游读到并咂出了滋味，饶有兴致地从各种集子里摘录出若干条写到退红的诗句。清人褚人获又从陆游笔记中品出了滋味，随即点出："盖退红若今之粉红。"顺手又作链接："绍兴末，缣帛有一等似皂而淡者，谓之不肯红。"

今人知知堂也是个知味者了，他从"不肯红"三字中得着了惊喜，说道，如今唱歌的、演戏的、写书的、做学者的都拼命要红，"似皂而淡者，颜色一定好看吧，若是人，淡淡的，不肯红，怕更好看"。

此话说得好极。《坚瓠集》与《老学庵笔记》都不陌生，惭愧，我怎么就无睹于"退红"与"不肯红"呢？

莫非，我真的被现代人心焦气燥之风给熏陶得麻木不仁了吗？你别不信，当真有位诗人，也不怕脸红，借红枫之口，洋洋得意地放声高歌出"我终于渐渐地红了……"呢。那种"我为名狂""名令智昏"的心态跃然纸上。

倒是记得《老学庵笔记》中另有一则，写两种颜色合成的妇人鞋底，叫作"错到底"。"错到底"三个字是即刻激活了我本平静的脑海的，人世间生旦净末丑种种"错到底"的嘴脸纷纷泛上海面，且浮且沉，实在有趣得紧。

当其时也，我击节而笑。

三生石

（牛博士对马妞说）

说来惭愧，从林清玄散文里，我才晓得三生石尚在人间，而且近在杭州灵隐。去了多少回灵隐，不光没见过，也没听人说过三生石呀。

是，张岱文章我读过，那多遥远呀。他引用的苏东坡文章，更遥远了。

唐光禄卿李憕遇难后，其子李源不仕、不娶、不食肉。惠林寺僧圆泽与他情深谊长……对，你说得没错，并非男女情事，更不关性倒错什么事，而是古人相约三生，真情守信的一段感人轶事。

我上灵隐，挤到售票处问询。大叔斜抬下巴，用下巴指向一侧向来被我忽略的小岔道。通往灵隐宝刹的大路红尘滚滚，小岔道却冷冷清清，对比异常强烈。

我且问且走，遇一豪华茶馆，进门打听。大妈佯聋不答。要了杯茶，大妈才幽幽一指。循指望去，呀，原来我已在三生石脚下！

茶顾不得喝了，我踩磴道，穿旷地，到了其貌不扬的传奇石前。耳边似闻牧童扣角而歌："三生石上旧精魂，赏月吟风不要论"……不要论，是，不要论 —— 想论也无人可论呀。艳阳高照，春风和煦，绿荫扶疏，草叶飘香，我徘徊了不下一小时，竟不见半个人影前来探视。

嘿嘿，奇怪吗？不奇怪。如今不少人都涌去为眼前之利益烧高香了，对寓意真情守信的三生石谁还能去理会？

夜 莺

（牛博士对马妞说）

不好意思，让你见笑了。这曲子一曲终了，我总会不由自主去按回放键，一按再按。

是，是《夜莺》。初听，似曾相识，陌生又熟悉，那行云流水般的旋律和气韵，勾我魂、摄我魄、牵我肠、挂我肚……莫非曾聆听于前世？

希腊作曲家雅尼特意为到中国演出而谱写的该曲，东西色彩水乳交融。

夜莺的意象在西方有三个源头，其中两个的凄婉与哀怨，与中国关于夜莺的传说异曲同工。第三个却活泼轻快，表现了爱情的甜蜜美与相思苦的纠结缠绵。雅尼的《夜莺》应该生发自第三个。他随性激情地挥洒音符，以浪漫层层烘染，创造出他婉转悠扬、热情奔放、独具一格的夜莺。你是听过改变自安徒生童话的交响诗《夜莺之歌》的，是不是有很不一样的气氛？

"夜莺，快奏起音乐，跟大家唱催眠曲，睡啦，睡啦，安睡吧——一切灾祸，还有妖法、邪魔，别来碰好娘娘，避开吧，晚安啦，安睡吧，安睡吧……织网的蜘蛛，你不许来，躲开了，长脚的'纺织娘'；黑甲虫，这里不是你的所在，蚯蚓和蜗牛，不许莽撞。"（莎士比亚《仲夏夜之梦》）

那是上演在仲夏之夜原始森林里梦幻般的一幕呵。有一点点淡淡的忧伤、愁苦和焦虑，更多的是暖意融融、爱绪盈盈、喜气洋洋。听一莺嘹亮，众声唱和；听小天使飞翔，女神起舞；听独舞，听双人舞……

唉，不作兴的，为什么要戛然而止呢？

地气与天气

（牛博士对马妞说）

要求芸芸众生接地气？不对吧，芸芸众生天天在大地上繁衍生息，哪天脱离过大地？骑在众生脖子上的昏官、歪才，才需要喝令他们踩到地面上来接接地气哩。

昏官自不必说，且看歪才，掌握了一点奇技淫巧，飘飘然浮到半空中去了，做些自鸣得意的颠倒梦想，红着眼，绿着眼，扇物风，点欲火……

把根子扎进泥土里来吧，实实在在地结些地瓜、花生吧，结些民生所需的庄稼、蔬果吧。

"紫梨红枣八九树，竹屋柴门三四家。机杼声迟秋日晚，绕篱寒菊自开花。"（惠洪《秋晚》）

光接地气还远远不够，你看，所有作物都懂得向上伸展枝叶，去吸收日月精华。你想，哪种果实离得开阳光雨露？阳光雨露，这就是我要说的天气 —— 崇高精神了。

"首先是最崇高的思想，其次才是金钱；光有金钱而没有最崇高的思想的社会是会崩溃的。"陀思妥耶夫斯基说得很直接。

都说人的一半是天使，一半是野兽。唯有上接天气，才能使人的天使之性壮大，野兽之性萎缩。那些把精神追求说成矫情的人，真的很可悲，很可怜。

可悲的实例拈来便是：因昏官和歪才的蛊惑，颇有些众生也沉湎于红尘中滚来滚去、摇来摇去……摇？摇什么？摇红包啊！这一滚一摇，既拗断了扎在土壤里的根，枝叶又不再向上向光，于是，心眼里只剩下日益膨胀、铜光闪闪的愚昧。于是，不幸，芸芸众生也有了接地气与天气的双重问题了。

老三篇

（牛博士对马妞说）

好事，能意识到要求中学生读《道德经》无疑是件好事。是，作为道家经典的《道德经》是颗坚果，理解不易。但如今，坚果养生不是已属常识了吗？

儒家经典《论语》是早就普及到家喻户晓的了，难道人人都懂？于丹是讲《论语》而红极一时的，她的"理解"不是也饱受诟病吗？

你问我为什么对那个中华文化读本流露出蔑视神色？有蔑视吗？不是蔑视，说不满那是有的。中华文化是世界文化中的重器，是一尊巨鼎。鼎，以三足而立。董仲舒"罢黜百家，独尊儒术"之所以不可取，是因为他想玩金鸡独立 —— 尽管他的儒也已不纯 —— 一只脚站立能稳且长久吗？

许多中华文化读本都以儒家为主，兼及道家，但中华文化是儒道佛三种元素的"三合一"文化。佛家虽然最初属外来，但早已本土化，两千多年下来，作为一种文化元素是融化在我们的血液和骨髓里了，无法剥离。只见其一，不见二三的人，根本不可能读懂中国。

所以我以为，《道德经》要读，《心经》也要读。《论语》《道德经》和《心经》是理解中华文化的"老三篇"。

罗曼·罗兰说："依了中国的三教行事：儒家，叫人摆脱暴力；道教，叫人'己所不欲，勿施于人'；佛教，则是牺牲与爱。人生底智慧与幸福底秘密尽于此矣。"

舌尖与眼皮

（牛博士对马妞说）

你问，为什么你一说到舌尖，我就现出似笑非笑、似嘲非嘲的眼神？有吗？我没在意。

下意识的流露？也许吧。"舌尖"一说之所以风行，是因为舐到了人们下意识里的痒处。林语堂说得很有趣："我们的身体中都有一种饕餮的精神。"有位朋友自海外来。二十年前他刚去时，那边湖泊有好多天鹅游弋，宛如仙境。几年后，湖光依旧，天鹅绝迹。为什么？因为我们的爷叔大妈去得多啦，优雅的天鹅哪里玩得过他们劲爆的舌尖？

电视节目《舌尖上的中国》红遍大江南北，"舌尖"文章铺天盖地，色诱、香诱、味诱，诱得几亿舌尖快乐大动。此非吉兆啊！都说"厚德载物"，怎么把偌大一个中国载到了舌尖上？载得动吗？有多多少少关乎精神灵魂的书籍，却是不入法眼的，人们的眼皮都不屑对它眨一眨。好汉们为"舌尖"挖空心思、一掷千金、豪情万丈，连保护动物也不肯放过，而劝其掏腰包买本小书，却万般艰辛，难比撼山。人心，唉唉，早已被重舌尖、轻眼皮的风尚，熏陶、冶炼成食精了。

莎士比亚说："美食珍馐可以充实肌肤，却会闭塞心窍。"

我真希望有一天，大家的兴趣能从舌尖转移到眼皮上来。

惊人地相似

（牛博士对马妞说）

是，这一款咖啡口味有点特殊。其风味与来由，竟然与普洱茶惊人地相似。

你知道茶马古道，普洱茶曾经是由马帮运送出滇的。马背上的茶叶被雨水淋、马汗浸，湿了又干，干了又湿……茶叶纯属意外地被发酵、被变味。恶心？让你喜不自禁的普洱茶味，恰恰由此产生。运输方式的进步，使得马帮式途中发酵不复存在。如今的普洱茶风味，是茶农用渥堆法加以模拟而成的。

十八世纪，印度咖啡豆由帆船运往欧洲。航行时间长达数月之久。其间，咖啡豆饱吸温湿季风而悄然发酵，豆色由绿变黄，味道也随之变了，形成了印度咖啡特色。当蒸汽轮船取代帆船，航程大为缩短，季风发酵的条件消亡，风味不再。这令咖啡老吃客们非常失落。咖啡商的生意萎缩了。为挽救生意，咖啡商眼珠子骨碌碌一转：帆船淘汰，季风还在呀。于是，搭大棚、摊豆子、吸温湿，再装袋吸，再摊开吸……经多次反复，折腾七周，果然咖啡豆色味俱变，故风重现。

印度咖啡原本属于阿拉伯种植园咖啡，是季风让它拥有了骄人的特色。你现在喝的，正是印度季风咖啡，微辛，微咸，爽滑，有木本芳香。好喝？嗯，我也喜欢。

普洱茶与印度咖啡，一成于雨，一成于风。

华兹华斯说："自然以造物者的神功，与我的灵魂紧紧结合。"

我沐风栉雨，我浮想联翩。

灭戾灵

（▲马妞●牛博士）

▲你倒给我评评理看，我不是好意吗？却被玛丽当成了驴肝肺！

●是，你挺冤。不过平心而论，虽然她吃相凶巴巴，其实也不见得有多大恶意，更未必有多大的恶果。想化解，很容易。当今，很多人感叹社会上有一股戾气，暴戾之气不除，和谐社会就难以建成。

有，还真有灭绝戾气的药剂。在佛光山，我看到九重葛欢笑，百鸟唱喜，处处洋溢着祥和之气。山路旁悬挂的许多小旗帜上书写着"三好"。哪三好？佛光山三好是：说好话，做好事，存好心。即，说话做事之前，先想一想，这样说、这样做对大众、对环境好不好，不好的一定不说不做，好的才说才做。行为需要一个基点，即存好心，即葆有一颗慈心、善心。按照雨果的说法，善良是历史中稀有的珍珠，善良的人几乎优于伟大的人。

是，说说是很容易的。其实做起来也不难，就看你愿不愿意去做。我建议，你今天就可以试着实行，并且去感染玛丽，进而感染越来越多的朋友，让祥和之气取代戾气，形成风尚。当然，我也在努力实行。假如你发现我有违背"三好"的言行，欢迎你当头棒喝。

我得活着

（马妞对牛博士说）

你不会也笑我傻吧？都说这类故事是瞎掰，我却宁愿信其有，还愿意深信不疑：

一个没爹没娘的姑娘大学毕业后，做家教、练摊，日子过得平静而安宁。有个小伙子心动于她的清纯，两人相恋，然后结婚，然后有了孩子……小日子过得朴素，和美又甜蜜。

为了买房，小伙子快乐地多打了一份工。岂料，小伙子不幸死于车祸。伤心欲绝的姑娘默默挑起重担，悉心养育女儿，为的是让天上的丈夫安心。日子飞快，女儿九岁了，姑娘却被查出绝症。为了给女儿留一点生活费，她毅然决定中止治疗。女儿痛哭着说"你不治，我也不活了"，并且把这话付诸行动……抢救及时，女儿复活，姑娘却终于撒手人寰……周围的人日日夜夜地提心吊胆，唯恐小女孩轻生。但大大出乎人们的意料，这次，小女孩却很快走出了阴影。人们宽慰地笑了。

对人们的困惑，小女孩回答说：

"假如我死了，世界上就没人会惦记妈妈了。我得好好活着，在人间想妈妈。"

不许流泪！不许流泪！我命令自己，但我的泪水，还是止不住地流下来，流下来……

"一颗心灵的叹息，能比一城的喧嚷道出更多的东西。"雨果如是说。

我说，这小伙子找到这姑娘，真是幸福。小女孩有这样的妈妈，真是幸福。妈妈有这样的女儿，真是幸福。

我想，与小女孩相比，我活得，唉，真是没心没肺了。

牵来一头外国羊

（牛博士对马妞说）

不了不了，我就不来凑这个热闹了。羊年，众人纷纷说羊，不是已经说了太多的羊了吗？不嫌烦吗？非说不可？那好吧，我就顺手牵头土耳其羊来遛遛。

牧羊人弄不懂，为什么这头羊会盯上一颗柞树，又啃又咬，不罢不休，直到柞树枯萎。不久，这棵枯柞树就被砍柴人胡乱砍了，只留下一截尖锐的枝丫。

草木枯荣，季节更替，这个牧人赶着羊群又来到这片柞树林。那头山羊又想找那颗柞树，东寻西觅，左蹦右跳。结果，被尖锐的枝丫戳破了肚皮。

被牧羊人发现时，这头山羊早断了气。牧羊人喃喃自语："唉，报应啊，柞树做了山羊对它做的同一件事。"

后来，"柞树做了山羊对它做的同一件事"就成了土耳其的一句成语。如果要找出相对应的中国成语，大概是"自食其果"吧。

有阳光就会有投影。在"羊年说羊"的一团喜气中，说了大吉祥，说了喜洋洋，不也该说说应当记取的教训吗？哲人说：忠告很少受人欢迎，最需要忠告的人，往往最不喜欢接受忠告。讲讲这件负面的羊事，好比吃多了油腻腻、甜兮兮的菜品后，上一碟酸辣泡菜，或许可以爽爽口，醒醒脑吧。

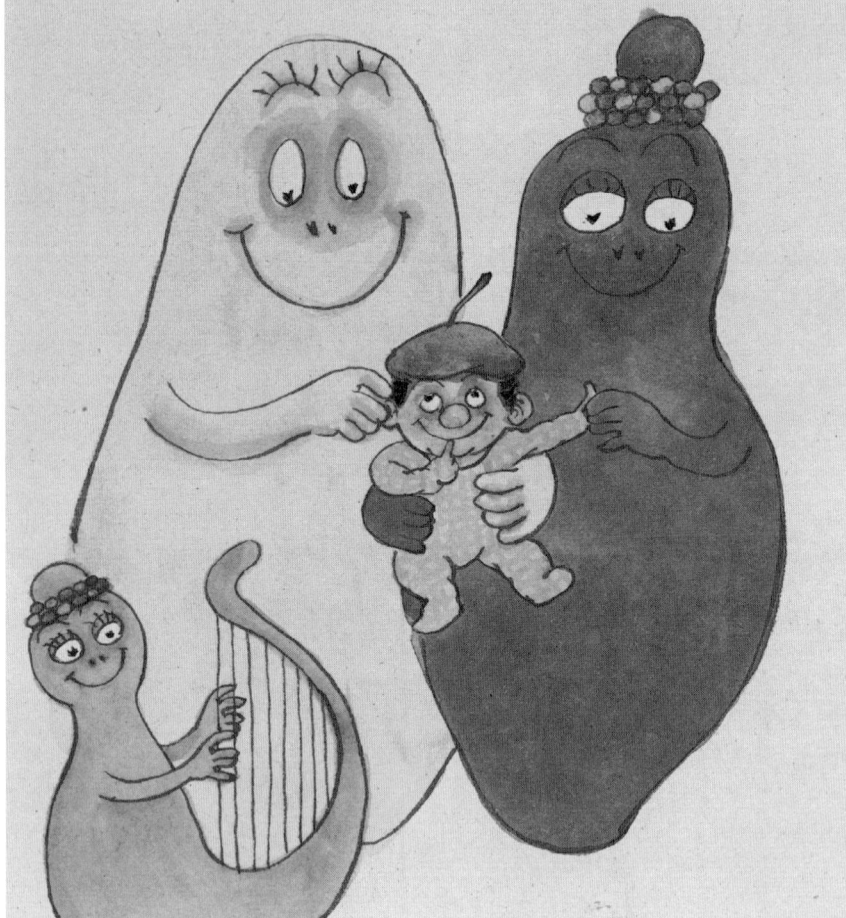

哦，巴巴爸爸

（▲马妞●牛博士）

▲奇怪耶，你又不认识德鲁斯，居然会黯然神伤，弄得像真的一样！

●是，我不认识德鲁斯·泰勒，但我认识他的巴巴爸爸一家呀。你不是比我还熟悉吗？

▲那倒是真的，粉红的巴巴爸爸，黑美人巴巴妈妈，他们的孩子巴巴祖、巴巴拉拉……红、橙、黄、绿、黑、蓝、紫，七个肤色不同、个性不同的小贝比 —— 超萌、超可爱的棉花糖一家子呀！嘎嘎嘎！

●三毛之父张乐平先生晚年说过："我死了，三毛也死了。"如今，德鲁斯去世了，德鲁斯以他的智慧和灵性创造出的巴巴爸爸的故事也到此终结了，再也不会有巴巴爸爸一家子多姿多彩的新鲜故事面世了。你难道真没有一点儿难过、一点儿遗憾？

▲人有生老病死，艺术形象当然也会有生有灭呀，这不是太正常了吗？别，千万别跟我说"不生不灭，不垢不净，不增不减"！

●我倒是想说：如果讲"生命诚可贵"，那么，艺术形象就属于珍稀生命，就更可贵了。你想想，地球上每天有多少婴儿降生？而鲜活的艺术形象，要等待多少年才有望生出一个？成活率呢？更低得多！

巴巴爸爸没了，唉，没了，真的不会有了！这一想，我的心好痛，好痛。

串项链

（牛博士对马妞说）

对你保密？怎么会。

先打个比方。你一定在河滩上捡过卵石吧？很多人喜滋滋地捡了一大堆，沉甸甸地背回来。最终呢，除了留下几颗养养水仙外，都当垃圾，扔了。是吗？哈，你也一样！

另一类，如阿强，见别人捡到了"中""华""一""奇"四颗文字石，就发愿，非要捡到"恭""禧""发""财"不可。这个目标锁定得也太小太特殊啦，那是自己为难自己了。这辈子恐怕无望。

笛卡尔说："没有正确的方法，即使有眼睛的博学者也会像瞎子一样盲目摸索。"

我怎么捡？我捡的第一颗，那是因为邂逅美丽，看着好看。是，好看的范围太大，是有着很大的偶然性的。捡第二、第三颗的偶然性，还是很大。无所谓标准，也就是好看而已。但捡第四颗，偶然的比重就会小很多。我会从前三颗身上找出一种关联，如体量、形状、色彩、花纹等等关联，进而把这种关联整理成一条线索。以后再捡，我会顺着这条线索去寻找，不再盲目。这样捡的结果，初看起来也不过是一堆卵石而已，但用虚拟的线索串起来，便成了一挂有意思的"项链"了。

把"随意捡"上升为专题收藏，这是一个无序变有序的过程。

当然，说说简单，实行起来并不简单。你可以试试。

这一种思维方法，不仅仅适用于捡卵石，而且适用于很多很多方面。

外插花

（牛博士对马妞说）

你高看我了，我能听出陌生交响乐的演奏错误？我哪有这样的水平！我摇头，是因为看到那位长笛手入神吹奏，忽然想起你表弟新买的竹笛。那杆竹笛彩绘雕刻，悬挂金色流苏……好一身土豪气派。可是，剥除了无助于音色的"外插花"，不就是千百年丝毫不见长进的竹笛吗？而西洋长笛，从材质到机械结构，作了多少变革？乐器乐器，演奏音乐之器。撇下音乐不管，去搞那许多虚头巴脑的外插花，干啥？

古琴与钢琴？是，你比较得太好。同样是绷几根弦的琴，一个是步步提升，登上了乐器之王的宝座，一个却原地踏步到如今。它们之间拉开的差距，更远过竹笛与长笛。

首要问题是要弄弄清楚根是什么、本是什么。万事万物都必须强根固本，主心骨坚挺，向上向光，才会旺盛。我在云南植物园，多次见到绿叶纷披的魁梧大树，颇为壮观。细看，才发现那些绿叶却是藤的霓裳。那棵大树，早被藤缠绕致死。提倡学习传统文化，很好嘛。但，总要分清精华糟粕，不断扬弃，使之成为进步的阶梯。唉，一味让孩子们穿上不伦不类的古装，做一些尴尬滑稽的动作，摇头晃脑地背诵全不考虑内容年龄的诗文，连几十年前就被鲁迅扒了画皮的《二十四孝》，都原封不动地拉出来顶礼膜拜……胡搞嘛！

不顾根本、只顾玩"外插花"的毛病，得下猛药治一治了！

让我欢喜让我忧

（马妞对牛博士说）

李白、杜甫，星光多灿烂呀。偏有好事男要"人肉"一番，还真有斩获：李、杜生前不仅算不上一线明星，连二三线都轮不上，是被剔除在主流之外的。岁月是瓶除草剂，灭绝了茁壮繁茂的稗草之后，李、杜两株稻穗才渐渐露出小脸儿来。

鲁迅、《红楼梦》，太著名了。焦大，小噜噜，群众丙、群众丁而已，因为鲁迅封他是贾府的屈原，说他"从主子骂起，直骂到别的一切奴才，说只有两个石狮子干净"，终于被塞了一嘴马粪，焦大这才暴得大名。偏有好事男较起真来，觉得"只有两个石狮子干净"这般文绉绉的话，不像出自焦大这样的粗人嘴巴。一查，果然不是！再盘查，原来却是柳湘莲说的。多少吃红饭的朋友，一直是把鲁迅的笔误照搬不误的呀。讹传讹，传到今。那么，要问，一些吃红饭的朋友真用心读过《红楼梦》？真用心读过的究竟有几人？

《万山红遍》等等绘画名作，一路红，红到紫。于今，更是在拍卖场上一路凯歌高奏，飙出天价。又有好事男指着史书对照史实了：作者们居有宾馆行有车，美酒佳肴，吃着喝着，笔歌了，墨舞了……但，那年头不正是"三年困难时期"吗？都说对景写生，那么，可疑了，他们的笔歌墨舞，对的是什么景、写的是什么生、创的是什么作？

莎士比亚说："外表往往与事实本身不符，世人却容易被表面的装饰所欺骗。"是，跳着轻快舞步的人，不一定是欢乐的。

好事男呀好事男，你们的作为，让我欢喜让我忧。

鬼故事

（▲马妞●牛博士）

▲我才不信，上世纪六十年代，火红的年代嘛，哪个人胆敢出版鬼故事？蒙谁呢！

●你不明白的事情多着呢。要晓得，那时候国际形势波诡云谲，寒潮滚滚，所以中央要编辑出版《不怕鬼的故事》，鼓励人们树立不怕鬼、不信邪的大无畏精神。《不怕鬼的故事》广泛传播，还真起了作用。

我这里也有个鬼故事，纪晓岚讲的，我觉得蛮有点意思的，想听不？

有个大胆书生，老想看看鬼长成啥样。一个雨霁月明之夜，他带着小厮提着酒菜进了墓地。一路大呼小叫，邀请鬼出来喝酒。居然真让他招来了十多个鬼。他洒酒在地，鬼纷纷弯腰去闻。美酒香得很，吊起了鬼的馋虫，请再赐。书生高兴，边洒酒边问："阴间有什么可留恋的，你们为何不抓紧投胎转生呢？"鬼们叹气说："我们几个，或者期限未满，还需服刑，或者罪孽太重，判了不准投胎。"书生问："那你们为什么不虔诚忏悔，以求解脱呢？"鬼们答："喝了你赐的美酒，我们就敬奉一句话，作为答谢吧：善恶终有报，忏悔要趁早。唉，死了才想起忏悔，太晚啦！"

你听，有没有道理？那些落马贪官，死到临头，才痛哭流涕，追悔莫及。他们真该早些听听这类鬼故事啊。

绵绵春雨

（牛博士对马妞说）

又是春雨淅沥时节。

"小楼一夜听春雨，深巷明朝卖杏花"，这两句诗自然而然浮上脑海，简直像是天底下这般光影、这般音效、这般气温、这般湿度下自然生长的结构部件，必不可缺的。尽管小楼、深巷早已变换成了高层、小区，尽管卖花女的吟唱早已冻结在了黑胶唱片里。犹带隔年黄的绿地上，所见只是一树树玉兰、樱花和迎春。

老舍有句话是怎么说来着？要把大白话炖出味儿来。"小楼一夜听春雨，深巷明朝卖杏花"，是诗，又确是炖出了味儿的大白话的典型。如同茶道高手汲取无污染山泉水沏出的上好白茶，清淡、醇真，回味悠悠不尽。

这两句诗悄无声息地流传，一代又一代，穿越过一个又一个时空。恐怕，只要有中国人存在，这两句诗是不枯不萎的了。

不由人不想到：多少故作的豪放，多少矫柔的婉约，多少富丽，多少斑斓，多少香艳，多少倜傥，多少霸气，多少强悍，多少摧心裂肺、呼天抢地……不是都心不甘、情不愿，却终究从历史长镜头中淡出去了吗？五斤狠六斤的野蛮再凶，浓油赤酱的调料再多，统统白费。倒是这丝毫惊不到人的、实诚的低声细语，偏偏不绝如缕了。

"小楼一夜听春雨，深巷明朝卖杏花。"

不算人

（牛博士对马妞说）

上海音乐厅如今有了个德国姓，叫"森海塞尔上海音乐厅"了 —— 当然用不着大惊小怪，但我还是想问问：为什么我们的富豪财阀想不到为艺术伸伸援手呢？不是炫富冒油的朋友在争相亮相吗？给音乐厅冠冠名，花点小得不能再小的小钱嘛，算个啥呢？

冠名事小，骨子事大。其骨子，是老生常谈了 —— 美育缺失导致的眼不见美，实质是心中缺美导致的缺德。对美育中的音乐，王国维说："虽有声无词之音乐，自有陶冶品性、使之高尚和平之力。"他认为，"美丽之心""唯可由美育得之"。

王国维是说得过于文绉绉了，那么，听听"一个没有时间给美的人"的故事吧：

这是个"讲究实际的人"，他坚信没有经济效益就是没有价值。他爱鱼，但对优美的游鱼毫无兴趣，只关心餐桌上的鱼是否可口。他是有心人，但只关心开连锁店，只关心资产净值……总之爱钱如命。他开心吗？很不开心。钱赚了不老少的他，到老也没弄明白，为什么他一生就没开心过。

这则姑隐其名的真实故事，出自理查德·加纳罗《艺术：让人成为人》一书。请你放慢速度，一字一顿地读一遍书名。你心里亮堂了吗？是，书名的意思是说：与艺术绝缘的人，不仅不会有一颗健全美丽的心，简直不能算是个人。

白瓷墩

（马妞对牛博士说）

考考你的智商：

清代高睿功的家里闹鬼。夜里，人走到厅前，总会有一个身高一丈开外的白衣人，从后面伸出冰冷的大手捂他的眼睛。主人害怕，把门封了另开。白衣人居然随之改为白天作祟了。

一天，睿功喝了点酒坐在厅上，忽然看见白衣人倚柱站立，捻须，眯眼，望天。睿功悄悄挨近他身后，挥拳猛打。不料打在庭柱上，指伤出血，而白衣人已闪身台阶中了。睿功大吼一声，追击，却因为阴雨苔滑，跌了一跤。白衣人见了哈哈大笑，动手反击，但白衣人腰板僵硬，改用脚踹，而脚长乏力。白衣人恼羞成怒，与睿功绕阶而走。睿功看出了他的弱点，冲上去抱住脚就掀。白衣人被掀翻在地——奇怪，一下子没影了。

从白衣人最初现身的地点掘地三尺，掘出白瓷坐墩一只。墩上睿功的指血还没凝结。砸碎了瓷墩，妖怪从此绝迹。

问：高睿功该不该砸白瓷坐墩？

你答"砸得好"？

蠢啊，你比古代的愚人还蠢呀！砸墩不等于撕钱吗？你想，成精的瓷墩一定大有年份吧，正好可以拍个好价钱啊。怕？怕你个头！现代有些人无所畏惧，盗墓贪腐，什么不敢做？有钱拿就行！你说这不是真的，是鬼故事？鬼故事不是更好吗？还可以弄个副产品，编编穿越剧。

茅草屋上鸢尾花

（▲马妞●牛博士）

▲停！你肚子里想说的，我早知道啦：你过杜甫草堂而不入，是怕新弄的假古董败坏了你的诗意印象。

●对，是我的意思。但这只是"第一章"。既然你已知道，我就跳过，直接进入"第二章"：

你拍的照片里我看到有一张法国茅屋，屋脊上还开着紫色鸢尾花。是，很漂亮。你有没有想过，与你下乡劳动见过的茅草屋，与杜甫为之悲歌的茅草屋，有什么两样？仔细看看……对了，草不同，草顶很齐整，不是胡乱铺上去、很粗疏的样子。对，工艺考究着呐，很厚实，也很结实。如你所说，英国、南非也有此类茅草屋的。在荷兰贝亨市湖区公园艺术家村里，集聚了十七座各具风貌的茅草屋。你想，这种茅草屋升级版还容易被秋风所破吗？

▲这是第二章了，第三章呢？

●屋脊之所以种鸢尾花，不光考虑到外观的漂亮，还能防漏。在茅草屋顶上种花的，欧亚大陆东西两端都有。如日本，除了种鸢尾花，还有种百合、萱草和韭菜。你在浮世绘里也见到过吧？住在这种茅草屋里的居民，会像杜甫那样被秋风刮得狼狈不堪吗？

第四章是：茅草屋带给你的联想，仅仅是贫穷落后。升级版茅屋的居民，却都是富裕的人。有许多东西，如果不去改造它，提升它，是不会有根本性的改变的。

你说，走过杜甫草堂，我能不想很多吗？

收录机

（牛博士对马妞说）

是，故事蛮有趣。讲述者"胡适"，又给它罩上一圈光晕。所以，你把胡适的话照单全收："凡是自己说不出'为什么这样做'的事，都是没有意思的生活。"反之，则是有意思的生活了。

这话对吗？许多贪官、人渣对自己"为什么这样做"，肚子里不是都明明白白的吗？那么，他们的生活就都是很有意思的咯，你说，这样说对吗？

还有，你和闺蜜对似是而非的《茶的禅意》津津乐道，也不用脑子想一想。我且拈一句"茶本无好坏"出来，掂量掂量：

清明前后，曙光熹微，云缭雾绕的高山茶园，村姑们喜滋滋开采。一枚枚沾着露珠的嫩绿芽尖，随着村姑浅唱的《采茶谣》和轻舞的指尖，离开枝头，跳进竹篓。随后杀青、揉捻、干燥……工序道道用心。这茶，你说，要不好也难吧？

现在，把画面切换到盛夏，山脚下泥路边的茶地。过往大车小车颠簸驶过，喇叭刺耳，黄尘滚滚。大妈阿婆们嘻嘻哈哈，吵吵嚷嚷，虎擒龙拿般揪摘下粗枝大叶，砸进围兜。叶上，疑是药渍或似汗斑……是采茶呀，你能说采的不是茶叶吗？但，这能是好茶吗？这种茶就算白送你，你也不肯喝吧？

嘿嘿，茶无好坏吗？说得好听，像很超脱，像很高明。你老实说说看，茶，能无好坏吗？

遇事要多想想，别把大脑不当脑使，生搬硬套，把人脑当了收录机。

老龄化社会敬老二说

（牛博士对马妞说）

域外。古国。新王登基，诏告臣民：交出老人，集中处决，共渡时艰。违者斩。

骇人听闻？你少见多怪了。初民是有这般习俗的。初民老了，发现自己尾端的毛黄了，便逃窜上树。子孙们紧紧跟上，围着树又跳舞又唱歌："果子熟了，果子熟了……"直唱到簌簌发抖的老人掉下地来。子孙们一哄而上，吧唧吧唧，把他分吃了。

再说有个大臣，违逆诏示，冒死藏匿了老爸，偷着赡养。不久敌国来犯，朝廷上下束手无策。幸亏其老爸暗中支招，才解了围。棘手难题接二连三，都因其老爸的智慧方才得以化解。

国王生疑，刨根问底，找到了答案。于是，其老爸被光荣请出暗室，敬为上宾，人人爱戴。

你说得很对。老人也有好坏。出现在社会新闻里的不文明老人、缺德老人、恶毒老人，像老鼠屎一样坏了一锅香米粥。坏老人叫人怎么敬得起来？是，我同意。敬不敬，原不该以年龄来划分的。

赡养老人，即使一些不像话的老人，子女也该尽心赡养，这原是天经地义的。至于有些老人给社会添堵添乱的陋习、恶习，则不该任其泛滥、传染，必须管，必须教，放任有罪，有罪于社会，有罪于自己。子不教，父之过。反过来，照样成立：老不教，子之过。

作为老人，理应常常扪心自问：为什么有的人一把年纪活在狗身上，而有的人越老越受爱戴？

蓄 水

（牛博士对马妞说）

瞧你急的，键盘敲烂也换不来好文章呀。

有道是："叙述情景，须得画意，为最上乘。"请看："到得门前看时，只见枯桩上缆着数只小渔船，疏篱外晒着一张破渔网。依山傍水，约有十数间草房。吴用叫一声道：'二哥在家么？'只见一个人（混世魔王）从里面走出来……"

施耐庵腹笥厚，无关紧要处随随便便几笔闲文，不仅如画，竟是电影好镜头了。

光有好镜头是远不够的。《金陵十三钗》插进了不少好看镜头吧，弄出的，还不是一件用绫罗绸缎的碎片缝就的百衲衣？老谋子误把文化当作暴发户的百衲衣了。

"文者，德之总名也"，"文，犹美也，善也"，想以文来化育人，自己不先文而化之，成吗？这个化育，有过程，真是一点急不来的。即使你一口气买回楠木书橱、诸子百家，作不间断强化训练，你的文化修养就能迅速春潮汹涌了？你是煮过东坡肉的，记得"少著水，慢著火，火候足时它自美"吗？烧一锅肉尚且如此，文化的事，不如此行吗？

踏踏实实地蓄水吧，等你肚子里蓄了一湖天池水，流出的自是好山泉。

读标语

（牛博士对马妞说）

不，标语未必枯燥空洞，它同样透露着写作者的灵魂底色。

你看日本福岛地震一周年，一位反核人士刷在背上的标语：

"不要为了赚钱，舍弃生命和自然。"

由多少惨绝人寰的悲痛提炼出的一个短句，居然不存一点火爆激烈，倒像慈母对浪子苦口婆心的规劝和叮咛了。它简直是尼采所说的，在认识的支配下，由大清醒的情感、强浓缩的词汇升华成的高级文化了。

你举的一些例子，曾经赫然刷在村前庄后。居然真有本事把计生政策弄成这样，令人愤慨啊：

"该扎不扎，房倒屋塌；该流不流，扒房牵牛"，恶霸气概跃然墙上；"喝药不夺瓶，上吊就给绳"，视生命如草芥的歹毒气，从字里行间涌出……

也有些标语，却是似有若无、万不可无的路灯，它并不计较过客的熟视无睹，淡淡地照拂着行脚，护佑着行脚，使行脚不致脚高脚低，不会摔倒。

你问，有没有"路灯"实例？当然有。古今中外皆有"路灯"在照亮人心：

"诸恶莫作，诸善奉行"

"智慧人从善如流，愚妄人自招衰败"……

语言清洁剂

（▲马妞●牛博士）

▲你问我对满口喷 × 的人怎么看？你能不知道？我对开口 × 闭口 × 的东西从来都翻以白眼。

●冯小刚一炮中 ×，大快人心。事实上，对粗鄙语言有意见的人早就很多，但往往人微言轻，就像闹哄哄的大会场里台下开小会，没几个人听得见，更没几个人会去理会了。居然有些文化人，所谓"公知"，在讲台之上，满口喷 ×，以流氓习气为荣，以粗口花色品种繁多、喷 × 的高频率而洋洋自得。尤其让人叹为听止的，是时代不同了，男女都一样！

▲有些人老是把"宽容"叨在嘴上，这粗鄙也需要宽容吗？礼仪之邦的同胞们张口闻 ×、开卷见 ×，真叫礼仪后人别提有多沮丧。

●语言粗鄙是精神粗鄙的外化。当精神与语言互为粗鄙化的因果时，社会粗鄙便如同滚雪球一般，越滚越大，越滚越大。我们需要不需要语言清洁剂？

▲我本来很想当然地以为地球上某些地方的民风十分粗鄙。及至旅游去到那里，才发现，我们的粗鄙化程度竟比那儿高出许多！你一定无法想象，面对相对斯文有礼的他们，面对来自礼仪之邦的旅游团粗鄙同胞，我的沮丧感强烈到了什么程度！

文人画"牛六点"

（▲马妞●牛博士）

▲读了几篇谈文人画的文章，弯弯绕，绕得我七荤八素，晕。

●别晕别晕，且静了心去看，弯弯绕们绕别人，也绕自己呢。他们自圆其说都难。

▲有的人把文人画归结为粗枝大叶，逸笔草草。也有人认为，现如今文人画已失去土壤而不复存在了。你怎么看？

●我的看法是：

一、只要人类存在一天，文人就不会灭绝。

二、时代不同，文人的呈示形态也不相同，不可划一。

三、有文人在，就会有文人作画，就必有文人画。

四、一个文人，像吟诗作文一样画画，用个性化手法表达独到思想、抒发独特感情，那就是文人画了。

五、凡符合第四点的，不管是逸笔草草还是精耕细作，都属于文人画。另外：文人是不可以简单与士大夫划等号的，文人画从来不是士大夫的专利。有些士大夫，绣花草包，粗浅卑陋，笔疏墨荒，故弄玄虚，宜称莽夫画。

六、人是文人，甚至贵为大文人，但，假如其画只是描红式的，循着别人的印迹走，描些梅兰竹菊、残山剩水之类，也是算不得文人画的，不必高看。如同练八段锦、跳广场舞，那是养身练体呢。

以上是我的六点意见，能让你满意吗？

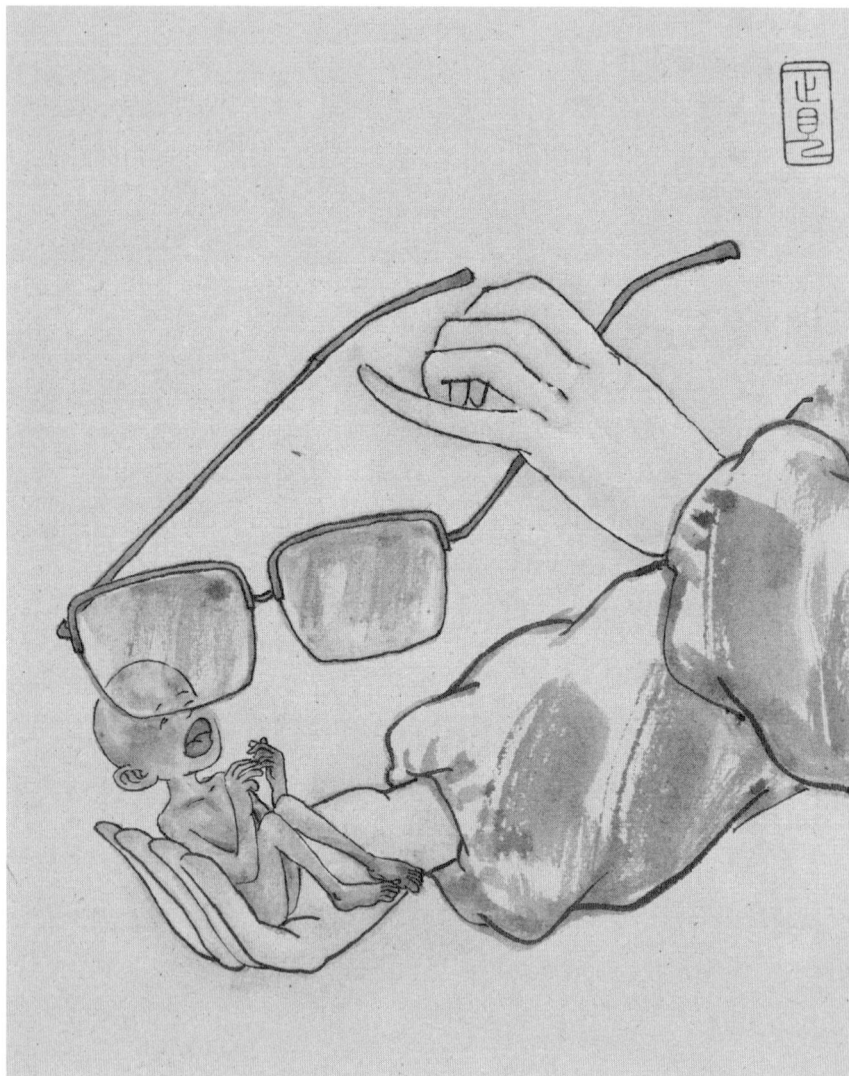

架上眼镜再睁眼

（▲马妞●牛博士）

▲听着民族乐曲，用着青花瓷咖啡具，翻着中国水墨画册，很爱国嘛！

●此话说得奇怪了，好像不这样就不爱国似的。恐怕要煞你风景：这民乐是作了西洋曲式处理的，这青花咖啡具呢，也并非国产。要说这中国画册嘛，我是边看边摇头叹气呀。看看画册前面的文字和作者介绍，我替这帮人脸红。动不动拼爹、拼爹的爹。碰到祖上不画画，必要来个"师承某某"。再不济，也要"得某某笔意"。全不讲个性，以亦步亦趋为荣。"师法造化"也是古训吧，造化，还记得造化吗？上次，我说得你的朋友很委屈，还说刚去深山里写生了呢。怎么我瞅着眼熟，像她老师的习作呢？当然，这不怪她。我知道，很多老师就这么教的。老师亦步亦趋，全按金科玉律传授。第一条，必须从临摹入手。

对于从临摹入手，我好有一比：在睁眼看世界之前，先给架上一副有色眼镜。其结果是：眼睛只会透过别人的镜片看世界，弄得手只会任由别人把着比画了。创作，创作，首先是一个创字。所以，翻翻这些中国画册，一幅幅都大同小异、似曾相识。创意何在？

中国画传统存在很多病灶，从临摹入手，是深藏其中的病灶之一。

术士符印

（牛博士对马妞说）

话说有个学茅山法术的人，受雇去驱除狐狸精。狐狸精得到消息，急忙找门路托人求情，愿出十倍于佣金的银子作酬谢。此人纳了银子收了手。瞅着面前白花花的银子，他想，既然狐狸精很有钱，何不利用法术去敲敲它呢？他随即召来四境的狐狸精，以雷斧火狱来威吓它们，逼迫它们献金。一次次得手，弄得他贪婪心日益膨胀。被敲诈的狐狸精们，终于忍无可忍，合伙盗走了他的符印。结局是，失了符印的他发了癫狂，投河而死。

纪晓岚说，这种人持符印、役鬼神、驱妖魅，他们的权力与官吏的权力非常相似。此人以权谋私，即使不死在狐狸精手里，神明也不会放过他。

拿着权柄胡作非为的歹人，这里就不去说他了。想说说一些昏庸之徒，因种种原因权柄在握，虽然没有作恶的主观，但挥霍权力，浪掷财富，献演着一集又一集的雷人肥皂剧，使骗子如鱼得水，喜上眉梢，令有识之士急煞挖煞，摇头叹气。

假如这些权力能得到合理应用，真不知道能长出多少嘉禾、结出多少佳果来呐。

巴尔扎克说："权力是手段，人人幸福是成果。人民当政，希望不用手段而有成果。"

将身钻在巽宫位下

（牛博士对马妞说）

你老妈嗔怪你大舅，道："就你懂，别人都不懂！"那是小孩子怄气话了。细思量，为什么你老爹老妈说不出，你说不出，我也说不出，就你大舅常能一语中的？他独具只眼呢。

说说《西游记》：妖怪眉如翠羽，肌似羊脂，脸衬桃花瓣，鬓堆金凤丝。八戒、沙僧看不透倒也罢了，居然连唐三藏都人妖不辨，唯独让孙猴头给识破了。为什么？因为孙猴头有火眼金睛呀。火眼金睛的炼成太不容易，换了张猴头、李猴头，早被太上老君兜率宫八卦炉的文武火给烧成了灰烬。这孙猴头也不是不怕烧，却聪明，"将身钻在巽宫位下。巽乃风也，有风则无火。只是搅得烟来，把一双眼焰红了"，成就了火眼金睛。

想想你大舅，真不易。多少人在"上山下乡""广阔天地"的蹉跎中浑噩了，你大舅却生心，"将身钻在巽宫位下"，悄悄地读社会，读经典，借得两股风烟，熏陶其眼，焰红其睛，于是有了火眼金睛。

你大舅睁着一双火眼金睛，笑看那欲火燎得铜锅热，冷瞅着一条条好汉争先恐后蹦上锅台，划醉拳、秀辣舞……

你大舅是有智慧的人，要知道，智慧不仅仅存在于书本知识中间，更存在于运用这些知识的能力中间。西谚说："从智慧的土壤中生出三片绿叶：好的思想，好的语言，好的行动。"

想给林语堂打电话

（牛博士对马妞说）

那文章我一路读下来，忽而开颜，忽而鄙夷，只觉得句句像大雨滴砸在心田。一口气读毕，伸手就去拎电话……手触摸到电话，忽然醒悟：我读的是旧书，不是新闻报啊。可是稀奇，难道这是写在七八十年前的旧文吗？不像不像。那一句句话活脱脱就像是在评议当下的时事呢。

你看，"我国人得脸的方法很多。在不许吐痰之车上吐痰，在'勿走草地'之草地上走走……"；你看，某人一定要享在满载硫磺的船上抽烟的荣耀，结果"保全其脸面却不能保全其焦烂之身"；你看，某长官行李超重硬要登机，于是飞机"不大肯平稳而上"，终于跌下，脸面有了，却失了一条腿……"中国人的脸不但可以洗，可以刮，并且可以丢，可以赏，可以争，可以留，有时候好像争脸是人生的第一要义。"唉，这种"不是有益社会的东西，简直可以不要……还是请贵人自动丢丢罢，以促进法治之实现，而跻国家于太平"。

唉，老林啊老林，你说得太对了！

敲键至此，我又下意识地伸手去拎电话……手落电话上，感慨上心头。假如能有接通另一世界的电话，那么，对林语堂先生，我又能说些什么呢？

哑光桂冠

（牛博士对马妞说）

是，你说得一点不错。时尚像艳光四射的桂冠，戴到别人头上是恭维，安到自己头上是炫耀——如今的"炫耀"相当于"自豪"了，一点不带贬义。

可是，你又惊讶，惊讶欧洲时尚版图接三连四的"地震"。奢侈品牌时装屋的掌门人，如同倒翻多米诺骨牌似地淘旧换新，惯于高调张扬的创意设计人才，竟也明哲保身起来，"没人想做出头鸟，都噤若寒蝉，夹着尾巴做人"。时尚界头面人物的言辞可怜兮兮的，好不凄楚。

奇怪吗？不奇怪。你想，那些曾温暖你幼小心灵的文坛才女，如今在哪里？那些曾争奇斗艳于媒体头版的娱星，如今在哪里？那些曾挖空心思的先锋艺术家，如今在哪里？……

俱往矣。为什么？因为他（她）们选择了时尚。选择时尚，就得接受时尚的命运——一时之尚。所谓"你方唱罢我登场"，此一时彼一时耶！只是近阶段的时尚"地震"比较强烈、比较集中罢了。

时尚人是喜欢讲颠覆的。"时尚"颠覆的对象，是"隽永"。而"隽永"像一点不张扬的哑光桂冠，谦和地、深深地镌刻在明白人心里，任人颠，覆不了。

牡丹不俗

（▲马妞●牛博士）

▲太让我失望了，你，怎么会欣赏牡丹呢？牡丹，俗气！

●俗气？为什么？因为它有富贵花的别名？你不觉得可笑吗？它还有别名叫鼠姑呐，它就獐头鼠目了？望文生义，愚蠢。

▲小人之心，你才望文生义呢。你看招摇在画廊里的牡丹画，哪幅不是因循模仿的媚态俗骨？你再抬头看，高三四米、宽十几米的巨无霸牡丹壁画，唉，俗到了根呀……

●漫画把你画得龇牙咧嘴，你就是丑八怪了？那丑，不是应该属于低劣漫画本身、属于拙劣的漫画人的吗？与你丝毫不相干的。你知道，女皇武则天冬游上苑，一时兴起，诏令百花齐放。众花屈从于淫威，反季烂漫，唯独牡丹不肯遵命。你看，牡丹有没有点"安能摧眉折腰事权贵，使我不得开心颜"的李白式傲骨？武则天大怒，火烧牡丹，并把它贬至洛阳。岂料，焦牡丹到了洛阳，开得更美了。你看，像不像谪仙人李白的诗，经霜后更见豪迈酣畅、洒脱超逸？李白脱俗，牡丹也脱俗。所以，四月的牡丹花神，不是别人，正是李白。

你随俗波、逐俗流，以自己的俗眼，视牡丹为俗物。俗的，倒是你呢。牡丹呀牡丹，真正冤煞。

所谓俗与不俗，只是观花人心情的反映。自古以来，牡丹诗多得数不胜数。还有把牡丹痛骂得不堪的呢："牡丹妖艳乱人心，一国如狂不惜金。曷若东园桃与李，果成无语自成荫。"

黄河源

（牛博士对马妞说）

很好嘛，一年临下来，你这一手黄（山谷）字蛮有点腔调了。接下来，你要多读读他的文章了，直探"黄河之源"，弄懂他的字是从什么样的学养、心境中写出 —— 不，流出来的。

是，有些书画家对纸笔百般挑剔，还"指点"你，写字必须要好纸好笔，你尽可一笑置之。黄山谷对于纸是从来"不择粗细" —— 不讲究的。笔，也是有啥用啥。

山谷谪居宜州，居无定所。栖身于极狭隘的城楼上，还遭恶吏驱赶，又搬到更恶劣的居所。他呢，心态极好，还有心思自嘲，自嘲为"喧寂斋"："上雨旁风，无有盖障，市声喧愦，人以为不堪其忧。"可是他豁达。他认为他本是农民出身，如果不中进士，岂不是一直住在乡野茅舍里吗？他泰然处之，照样胸怀天下，放眼全球。他书照读，字照写，梦照做。他有紫檀杆鼠须笔吗？当然没有。在一件手卷的跋里，他写道："用三钱买鸡毛笔书。"鸡毛笔？你听说过吗？鸡毛能用来写字吗？

他曾说："老夫之书本无法也，但观世间万缘，如蚊蚋聚散，未尝一事横于胸中，故不择笔墨，遇纸则书，纸尽则已，亦不计较工拙与人之品藻讥弹。"

却原来，被今人推崇的博物馆珍藏品 —— 黄庭坚书法，动辄拍出天价的艺术抢手货，是用不值钱的鸡毛笔写成的，是在讽刺挖苦声中诞生的。

谴责鬼神

（牛博士对马妞说）

孔子是不屑于讲怪力乱神的。袁枚偏不买账，针锋对麦芒，他把他的志怪小说干脆名为《子不语》。而后很长一段时间，孔粉与孔黑粉却结成了统一战线，都不语子不语起来。

伟大的历史使命落到了马尔克斯身上。老马做梦也想不到，他会充当中国新志怪小说的拯救者。他的传入，竟成惊蛰。

志怪能等同于宣扬鬼神吗？当然不能。且看袁枚的《射天箭》：

十六龄童陶某，喜欢对着上空弯弓射箭，自称为"天箭"。有一天射完箭，他把弓扔得老远，大叫："我是太湖水神，到天庭上朝路过此地，被你这小子射伤了屁股，罪该万死啊！"全家人听了都吓得跪地求饶。水神岂肯善罢甘休，让十六龄童病了一天便呜呼哀哉了。

故事本可煞尾，袁枚却不收手，也不直白地作"异史氏曰"，而是援引陶兄的话，说："我弟弟固然顽劣，但以鬼神之灵，而不能避儿童之箭，也太不可理解了吧！"

潜台词是："无能之辈，只会残杀无辜儿童，什么东西！"

这是谴责，是檄文了。

好谈创意

（牛博士对马妞说）

座谈会上，话题转到创意，立即发言踊跃，海阔天空。而我认为最该讲一讲的一位朋友，却默然枯坐一隅。会后我问他为什么，他浅笑道："这个嘛，这场合……岂是三言两语能讲清楚的？"我知道他研究创造学几十年，却不敢轻言创意，而有好几位朋友的讲话，妙舌生花，滔滔不绝。但，显然不知创造为何物，当然更不知隶属于创造的创意为何物。

当谈论创意成为时尚，创意就变成了口头禅、野狐禅，变成夸夸其谈了。

我不禁想到王国桢的《好谈》：

"王州不善书，好谈书法，其言曰：'吾腕有鬼，吾眼有神。'……此说一倡，于是不善画者好谈画，不擅诗文者好谈诗文，极于禅玄，莫不皆然。"

所谓创意，窃以为，是闪光灯电量充足闪光时的一朵异烁，是水库满蓄奔腾时的一道彩虹，是健儿久经训练后体能的一次爆发。它可以说是殚精竭虑后的一个偶然，一个意外。而没有了"充足""满蓄"和"久经"，这个"偶然""意外"和"爆发"根本就无从谈起。

"每一种艺术都是一个棋盘，应当深入专研，去找寻新的棋局。"（列夫·托尔斯泰）

土 豪

（牛博士对马妞说）

眼下所有热词中，最妙的莫过于"土豪"了。土豪一词不仅贴肉、传神、蕴涵着深刻的幽默性，而且有着广泛而持久的实用性，因此飞速星火燎原，八方传播。由"土豪金"领衔，服务于土豪的衣、食、住、行各色产品蜂拥着登上台面，熙熙攘攘，精彩纷呈。

更妙且奥的是，好事者发现，首倡"土豪"一词的居然是"美国人"！我认为该美国佬身份极为可疑。我相信，卸下美国妆，真嘴脸，该美国佬应该是土生土长的中国人，准确地说，华人。否则，他怎么可能从中国传统文化百宝箱里，极娴熟、极精准地单拈出一个"土豪"来呢？且一镖中穴！放眼五湖四海的疑似者，不管是国字脸、目字脸，还是瓜子脸、汤圆脸，一旦使用这张"土豪"面膜，个个妥帖，契合无间。

"土豪"的幽默性还体现在，它像歇后语般露一半藏一半。此话怎讲？你要知道，本来"土豪"在习惯上是不单独使用的，它通常与另一词如连体姊妹般结伴而生、结伴而行：土豪劣绅。揭示出掖藏着的另一半，委实大煞风景呐，如今光鲜体面的土豪，顷刻间被打回恶劣原型。我不知道很享受土豪称号或艳羡土豪称号的朋友，情何以堪？脸色会不会因此而"绿肥红瘦"？

皋鱼自我批评

（牛博士对马妞说）

"树欲静而风不止"，这句话曾因毛泽东的引用而家喻户晓。语出《韩诗外传》。风刮个不停，树想躲清静，静得下来吗？当然，这只是一个引子，为了引出"子欲养而亲不待"：做孩子的想到侍奉亲人了，亲人却已谢世……

讲这话的是皋鱼，是两千多年前的一个知识分子。他晚年曾作自我批评，检讨自己犯有三样过失：一是，从小好学，少年时出去周游列国，却因此而错过机会，没能为亲人养老送终；二是，虽然能以远大志向勉励自己，生活过得俭朴，也不曾侍奉平庸的君主，但最终还是一事无成；三是，有过友谊深厚的朋友，却半途绝交了。他特别自责、深为痛惜的是：时间一去不复返，亲人逝世不复生。

提倡崇德向善，从来不是大话、空话。皋鱼讲的三点，挺实在，正是崇德向善的三个很具体的实例。你看：莫为读万卷书、行万里路而忘了侍奉亲人；固然要胸怀大志、严以律己，更要为社会有所奉献；良师益友难得，要珍惜亲情，也要珍惜友情。

德是高楼，善是大厦。这些实例则是砖是瓦。百尺高楼、万丈大厦，是由一块块极普通的砖、一片片极平常的瓦砌成的。

香 雾

（牛博士对马妞说）

大雾。稍远处的水泥森林已淹没在乳白色的雾霾中，仿佛杨万里诗意再现：

"满城烟霭忽然合，隔水人家恰似无。"

倘若将雾霾换作烟霭，眼前不就是极富诗情画意的美景了吗？

古人的诗画里，雾是对景抒情的常用道具。还是杨万里的诗，秉笔直写《晓雾》："不知香雾湿人须，日照须端细有珠。"李贺总是出手诡谲，喷绘"现代感"十足的奇画："江中绿雾起凉波，天上叠巘红嵯峨。"黄遵宪低回于窗前，吟诵于灯下："雾重城如漆，寒深火不红。"寒夜，城里漆黑一片，灯火朦朦胧胧……

捡出唱片《迷雾森林》。播放。是想参照着听听阿尔卑斯山的雾。碟片名为《迷雾森林》，含曲子十四首。名《朝阳》，名《落日》，名《满天星》，名《蓝珊瑚》，更有名《款款柔情》的，名《真爱》的……那音符一尘不染，空灵缥缈，听得心境也清朗洁净。然而，雾呢？没有一首曲名中有雾呀？莫非，莫非瑞士人早已对雾，存了恐惧之心？

雾霭呀！雾霾呀！

今夜，照例是膨胀、无畏、热昏的财神粉丝们酒足饭饱后的狂欢之夜。

随着浓重的夜幕渐渐降落，已有零星的鞭炮噼啪声，在作狂欢热身了。

一枝春

（牛博士对马妞说）

苏州的香雪海固然壮观，关山月的红梅图固然闹猛，赏梅行家之着眼，却不在于此呢。岂不闻"触目横斜千万朵，赏心只在两三枝"？而更高一筹的里手，竟两三枝都不屑，只在意一枝了。

有记载的最早咏梅人，是南北朝的陆凯。他咏道："折梅逢驿使，寄于陇头人。江南无所有，聊寄一枝春。"江南虽不是贫乏之地，拿得出手的，却唯有一枝梅花了 —— 那是极言其上品啊。韦庄标举的，与此大略相同："肠断东风各回首，一枝春雪冻梅花。"林逋的"疏影横斜水清浅，暗香浮动月黄昏"众口相传，成了梅花的广告语。他吟诵的疏影，依然只是一枝："湖水倒窥疏影动，屋檐斜入一枝低。"苏颂是精于工笔重彩的："绿萼丹跗炫素光，东园先见一枝春。"对徐积而言，梅花胜过化妆品："有人赠我一枝花，满面春风与春色。"隋侯氏自恋："庭梅对我有怜意，先露枝头一点春。"周邦彦怜香惜玉："一剪梅花万样娇"……

一枝，古人钟爱一枝，直拿《一枝春》《一剪梅》谱上曲，作了词调名。

常常要到文人那里去讨一点文气的陶瓷人，把原来用作酒器的小口瓷瓶变异出来，繁衍成为一个特殊族群，专供插梅花——只插一枝，美其名曰：梅瓶。

和田碧玉

（牛博士对马妞说）

君子见玉如见德，于是温润，于是泽仁。财主见玉如见钱，于是眼睛发红，继而发绿，于是引来骗子如苍蝇扑腌肉。满怀期待的骗子创意迭出：以石充玉、山料充籽料、人工植皮、化学沁色……骗来骗去，勾心斗角，骗进骗出，皆大懊恼。

玉，是给人添懊恼的吗？当然不是，是给人送欢喜的。所以，你喜欢这块玉，欢喜就是了，何必东问西问，打听值几个铜钿？因骗子土豪兴风作浪，玉的价钱昨天波峰，今日浪谷，颠来倒去，哪有定数！

你看你的碧玉牌，一朵高浮雕牡丹，瓣瓣相叠，翻卷自如，雍容鲜活，真好雕工！陪衬以浅浮雕的枝枝叶叶，处理手法也得体得很。

嗨嗨，假内行的话你也听得？碧玉怎么就不上档次了？玉有黄、白、青、碧、赤、紫、黑等多种。汉代以各色之玉代表天地四方，并不以玉色分上下。《遵生八笺》《格古要论》《清秘藏》等书，论玉色虽有上下之分，排序却都不相同。《欣如谈玉》讲得好："所好不同，论调各异，盖无定评也。"拿你这块碧玉来说，深菠菜绿，浑厚滋润，芝麻点有如晨星，是优等和田碧玉啊。

天方夜谭

（马妞对牛博士说）

我有个非虚构故事，想听不？

M 的父亲是土豪级的。M 在英国结识了一个英国小伙，恋爱几年，谈婚论嫁。父母一考察，大为不满，当即发出绝交令。因为按他们的标准，英国小伙子简直就是"贫下中农"。

然而女儿自小任性，执意不从，还声称非他不嫁。父母的威逼利诱均告失败。无奈。妥协。宝贝女儿嘛，给出的嫁妆极其丰厚，包括一套英国住宅。

婚后，父母怕女儿过不惯清贫生活，不断地寄钱寄物，大到奢侈品，小到腐乳。

终于有一天，女儿发来微信，断断续续，吞吞吐吐，十分怪异。父母看了，问了，懵了，搞了半天还没弄明白，疑似天方夜谭。

等弄明白了，意思其实很简单：女儿坚决不许他们再寄东西了。为什么？因为越寄越让女儿难堪——天晓得，他们的土豪身份、女儿的啃老行为，在那里居然备受轻蔑。女儿生活在那个环境里，受到熏陶，也渐渐认清了自己在修养、信仰上的差异与不足。努力学习，渐见起色。而不断寄去的钱物，在她融入过程中一再起到负面作用，让她屡屡有蒙羞之感。

嗨嗨，阁下听了感想如何？恐怕远不止 M 的父母，连你也会如听天方夜谭吧？

善用缺憾

（牛博士对马妞说）

大唐虽盛，却还没有发明眼镜。杜甫先生老眼昏花了，视力得不到矫正 —— 痛苦？是，这对常人来说，无疑是苦事一桩。杜先生则不然，竟能从中得益，由此吟出"老年花似雾中看"的妙句来——妙不妙？诗意不往往产生于朦胧吗？明察秋毫宜于科学实验与侦查破案，而写诗需要的不正是雾里看花？

前一句"春水船如天上坐"：你看，碧水，青天，春水涨，扁舟晃，上也白云，下也白云……细加揣摩，这岂不是唯有视觉朦胧的人，才能获致的飘飘欲仙的真切体验吗？

再说张大千。传奇一生，画作无数，而使他稳坐丹青史上一把不可忽略的交椅的，则是他的大泼彩山水。而大泼彩，恰恰是他目力不济后的产物……

是呀，缺憾总会有的，缺憾人人有的。不以缺为憾，不以憾为缺，善用缺憾，缺憾或许就变成长袖了。

博尔赫斯晚年双目失明，他与世界的交流，只能仰仗于秘书，即他后来的夫人玛利亚·儿玉的眼睛了。大费周章的接触，居然使他"得到了一种……奇特的幸福感"，"梦境衍化成另一个梦"。

我读盲人博尔赫斯的《地图册》《乌尔里卡》《沙之书》。我在他的梦里梦游。

两袋咖啡豆

（牛博士对马妞说）

找东西翻箱倒柜，发现两袋原装进口非洲上好咖啡豆。一看，居然过期六七年了。

是，起初我真有点懊丧。可惜了。不过，懊丧很快转变为欣喜。

奇怪耶？不奇怪。因为过期咖啡豆给了我启示。你想，再珍贵的咖啡豆，也无非一袋咖啡豆而已，一袋过期咖啡豆换来人生启示，不是太值了、超值了吗？

启示一：得到好东西理当及时享用，藏得太好，常会忘了保质期过期。

启示二：面对咖啡豆，往事历历。其中一袋当年一上手，即闻异香扑鼻，嗅之微醺。今日开袋，却香气毫无，宛如细小卵石。细观察，包装袋上压有针孔，显然是为以香诱人而设。而另一袋包装严丝密缝，香气根本无从泄漏。当时因无香，混同俗物。今日启封，呀，那个叫香哦，无异于新鲜嘉豆——说得对，这启示我不点明你也懂了：老在自我炫耀的人，那挥霍穷尽的一天，看得见。而深藏不露者，可以留香长久。

没完，还有第三个启示。这个启示需要脑筋转一点弯。那是泰戈尔的一句话："刀鞘保护刀的锋利，它自己却满足于它的迟钝。"

启示虽小，可以见大，加以联想，遂有隽永之香 —— 闻闻吧，这咖啡多香！

金钱如粪土

（牛博士对马妞说）

谢谢！谢谢！我衷心感谢可爱的贪官污吏们，他们用行为艺术，把"金钱如粪土"诠释成了谐谑剧！

你呀，游览过那么多果园，就是不留意果园近边必有的土坑 —— 新鲜的人畜粪便是不能立即当肥料施用的，得先埋进土坑里发酵。那坑，叫堆肥坑。

你有所不知，贪官污吏在意识层面上视金钱为心肝宝贝，恨不得把金钱搂在怀里睡觉。而在潜意识里，小农狡猾却跳出来敲他麻栗子了：你若放肆享用贪污来的金钱，只怕会像庄稼一样被烧死，不如挖个堆肥坑焐起来。

好笑的是，埋是埋了，还没等到发酵，脏屁股先被贪污来的金钱烧焦了！

你以为，诚实劳动挣来的金钱，就不是粪土了？不，不，不，照样是。

明白人是深知金钱的粪土属性的。试想，你会拿金钱悬挂起来当匾额吗？你会拿金钱抹在脸上当护肤品吗？你会拿金钱别在胸前当勋章吗？……是，那是贻笑大方、臭飘万里、蒙羞子孙的。

所以，明白人懂得：粪土脏臭，不可爱。但利用恰当，使用适量，那才是有利于蜜梨、蜜橘、水蜜桃成长的。所以，明白人懂得：粪土性本脏臭，务必严加管控，谨慎使用。

粪土不可爱。唯有甜国、甜家、甜自己的嘉果，才是爱的对象。

墙上勾勒

（马妞对牛博士说）

1910年11月。俄罗斯边远小镇，阿斯塔波沃。火车站站长卧室。

旅途中的托尔斯泰慢性肺炎再次发作。他被安顿在一张小床上。一星期之后，托翁谢世。

有位粉丝拿铅笔沿着托翁遗体，在布满繁花的墙纸上，描摹下托翁仰卧的轮廓。线条笨拙，却因用心而有了磁力，发散出强大磁场。

我一见到已很浅淡的线描像，顿时如遭电击，那感觉很快弥漫全身。我本有的景仰之情被吊起、被发酵，鼓胀欲裂……我不知道，一百多年来，这张小床边的线描遗像，震撼过多少景仰者？但我清楚地知道，有太多的人对这些笨拙的线描不屑一顾。

这是有生命的墙上勾勒呀。

如今，发泄式的涂鸦肆意扩张，到处泛滥，骚扰着视觉与市容。那是迷惘灵魂的躁动与游击，天生一张国际统一面孔。奇怪的是，居然还有人为之倾情鼓吹。

我想，我们常常讲的创造力，并不体现在人云亦云的胡涂乱抹上，而恰恰是要去发现、创作出如此这般、内涵无穷的墙上勾勒。这勾勒，传递能量，嘉惠后人。

泰戈尔写道："与世无求的人，他是个自安自足者；春天的柔气是为他的，还有繁花与鸟语。"

我要续写一句：还有花开不败的墙纸上，与岁月一般绵长而遒劲的线条勾勒，为他，更为了后人。

却是不会

（牛博士对马妞说）

不对不对，你把这个贪官的摄影作品贬得一塌糊涂，是错误的。你以为贪官污吏都是绣花枕头一包草吗？

例子？有。我举个人来给你听听："这人吹弹歌舞，刺枪使棒，相扑顽耍，颇能诗书词赋。"你看，端的是多才多艺、文武双全吧。此人是谁？原来是《水浒传》里的"浮浪破落户子弟""踢得好脚气球"的奸臣高俅。假如，他到今日舞台上来秀秀才艺，闯入总决赛怕是不会有问题的。所以，你不能以才艺高下，来左右是非判断。

施耐庵脑子就比你清醒多了。他在充分肯定高俅才艺的高水平之后，只轻轻点出一句话来，如银针直戳穴位："若论仁义礼智，信行忠良，却是不会。"一个才艺出众者最终成了大奸大恶，根源何在？不正是在"若论仁义礼智，信行忠良，却是不会"吗？

贝多芬说："使人幸福的是美德而非金钱，这是我的经验之谈。在患难中支持我的，是美德；使我不曾自杀的，除了艺术之外，也是美德。"

仁义礼智、信行忠良是什么？是纵覆古今、横盖中外的美德。因为时代地域的不同，美德标准会有差异，但人类美德本质不变。倘若眼里只有才艺没有美德，其后果之恶劣、广泛、深远，不是嘴巴能说得尽的。

美标尺美规矩

（▲马妞●牛博士）

▲旁观者清，这个老外说得多好呀，抓到了丑建筑出笼的根源。

●权力与崇洋催生了丑建筑，这一类调侃与抨击，嗨，老内说得还少吗？你怎么不点赞？你也掉进了崇洋陷阱！至于根源，就更谈不上。

权力与丑建筑有必然联系吗？你历数古今中外公认的美建筑，哪一座不是权力拍的板？倘若掌权者具备很好的审美趣味，丑建筑能有生路？只怕丑蓝图连侥幸的缝都钻不过去啊。崇洋与丑建筑也没有必然联系。洋也好，土也好，不是都留下了经典美建筑？假如主其事者趣味偏洋，只要与环境协调，弄几栋洋味美建筑出来，有什么不好？凡属美的，洋土都好，不应该成为罪名。

那么，丑建筑的出笼与什么有关联呢？当然与恶俗趣味、丑陋心理有关。有没有消除恶俗丑陋的可能？有。那就是美德与美育了。假如主其事者受过美的教育、美的熏陶，习惯养成自然，自有一把美标尺去丈量眼之所见，自有一套美规矩去创造作品，那么，丑还玩得出愚弄的伎俩吗？

你看，美德美育，作用多大！

自圆其说就好？

（牛博士对马妞说）

一位工程专家茶叙时神情黯然。我询问的结果是：他潜心调研设计，可说是累积毕生心血的工程方案惨遭否决，而外国专家仅用了几个月时间的、急就章式的设计方案，却以压倒性的优势，高票当选。

他说，洋方案看起来的确漂亮、大气、先进，但投资巨大，其理论依据只能说刚够得上自圆其说。他的方案则大不相同，貌不惊人，用了许多土办法。但，都是经过实践一再证明，切实可靠、经久耐用，低投入即可解决大问题。更重要的是，他的方案对当地的土质、水文、气候演变状态有长期的掌握，具有极强的针对性。打个比方，如同手术，他的方案不采用高精尖的医疗器械，不需要昂贵的药物，而是在透彻了解看不见摸不着的经络的前提下的扎金针，一一命中穴位。

我对这个专业纯属外行，对方案的优劣不能妄断。但他的话却深深打动了我。多少人只听到自圆其说，便在炫目的激光棒舞动下忘情地屁颠劲舞，有几人还肯坐着冷板凳潜心深究不张扬却有效的经络与穴位呢？

必须完美

（牛博士对马妞说）

日本西大寺古茶园在圈内素负盛名，尽管在京都，就其规模，它只属于袖珍版园林。

著名摄影师萨姆·埃布尔的造访，意外地遭到委婉而又果断的拒绝。

拒绝的理由是什么呢？不是你想得到的冠冕堂皇的理由，居然是：今天没有下雨。

埃布尔诚恳请求，因为他实在不可能等到下雨再来了。恳求再三，和尚终于答应，不过，必须在下午两点之后。

也许和尚要午休？也许和尚要做功课？……埃布尔也不清楚。只能如此了，这已是尽力争取到的最好结果了。

没听懂？我知道你根本不可能听懂。我也懵了，半晌，才若有所悟：怕是这茶园只有在雨蒙蒙、湿漉漉的气氛之中，动人的气质神韵方能完美呈现的缘故吧？是和尚不愿意让访客带着不够完美的观感遗憾而返吧？但，下午两点，什么意思？和尚掐指算过阴阳，算准两点下雨？

两点敲过，埃布尔如约而至。等他踏进茶园，一切都明白了。和尚赶在两点之前用清水把整个茶园细致地洒了一遍。眼前的茶园俨然是一派雨后初晴的绝佳景色。

没了，我要说的话到此为止了。我不作点评。有没有余韵，能不能绕梁，你自己去回味吧。

不可说

（马妞对牛博士说）

视角新颖、构图别致、趣味独特的锦山绣水、空谷幽兰、朝烟夕岚……行，行，你可以搜尽你脑瓜里库存的华丽辞藻堆砌上去；哦、嗷、哇噻……哈，你当然可以把你所能记得的感叹词一股脑儿搬来强化你的惊艳之情。

我理解你最大限度地夸张你的遗憾，因为如此美妙的仙境你竟然没去过！心动不如行动，恨不得立马网上购票，晚上出发！

其实你去过。我说"不可说"，你不信，硬要我说。嘿，倒不是我小气，想严守原生态自然景观秘境，不肯与你分享，独乐乐，偷着乐……而是，而是为你着想。真的，怕让你恶心，煞了风景。

还是别说了吧？非说不可？我真说了……唉，你将尝到"逐臭之夫"的滋味了。蒙你青睐，你认为视角绝佳的那几张照片……你不可能想到，居然都是透过旅游胜地厕所窗子抓拍到的。一提起来，呃，呃，我立即反胃恶心……

世上最美丽的景色与世上最脏臭的厕所，就这么并陈着，混搭着，而且最顽强地生存着！屡批不改！

腊笑脸

（马妞对牛博士说）

路过南货店，一块小标牌闯入我眼帘："腊笑脸"。

腊笑脸？什么意思？戴个蜡面具的微笑服务？我的视线往上移。这一移不打紧，我触电般寒颤：妈呀，一张比脸盆还大、压扁了的褐色猪脸正冲我咧嘴大笑！

挂一只猪头倒也罢了，人类要改变食肉习性，一时也难，我理解。我无非默念一声"善哉"，别过头去走人就是了。可是，腊猪头在笑，吓人的正是这个笑呀。这位创意大师是怎么创出这个意来的？砍了猪脑袋，腌腊它，还让它嘴角上翘、喜笑颜开！

是，你知道的，我从来不吃烤乳猪。我觉得趴在餐盘上被烤得焦黄的乳猪特别可怜。食客吧唧吧唧吃得香的咬嚼声，在嚼乳猪时显得特别可憎。假如，假如这时乳猪突然冲你怪笑起来……你，你毛骨悚然了吧？

不好意思，我都结结巴巴语无伦次了。我不像你，没大道理可说……对对对，是这意思：创意如果缺少系统素养的支撑，会变得很扭曲、很可怕。

得近舍远

（马妞对牛博士说）

迎着晨曦，趁太阳的脸将现未现，你对着花朵和阔叶上的露珠左拍右拍，照相机兴奋地咔嚓咔嚓响着。你的脑袋里闪过艾布·马迪的诗：

假如你见到玫瑰花上的一颗露珠，凝视它吧，就如一个隐微的谜，你尚未颖悟……红的不都是炭火，不，白的不都是珍珠……也许它在自由的苍穹逍遥自在地生活了一阵，黑夜的眼角在黎明时洒下她……一滴甘露。

你曾经熟视无睹的花上露、叶上露在近摄镜里清晰了、放大了、陌生了、升华了，美艳动人。

然而此时，你眼角余光发现，远处小木屋上空，"雨燕张开它宽阔的翅膀，在屋子四周盘旋，欢唱"。"它使雷声清脆，它在晴空播种。如果一旦触及泥土，它将跌得粉碎"。（夏尔）

你多想捕捉远处雨燕洒脱的舞姿，你多想抓拍远处雨燕矫捷的身手，可是，想换下近摄镜根本来不及，稍纵即逝呵……

遗憾？有什么好遗憾的？放弃。得近者舍远。有得有失的道理，在这里完全适用。

心深眼深

（▲马妞●牛博士）

▲你太不人道！我辛辛苦苦拍来这么多好看的花啊鸟啊，你居然一点鼓励的掌声都不给！你拿出的照片我也喜欢，但那是摄影大师的作品嘛，人家是什么设备！

●你的设备很好啦。差距不在于设备，而在于用心的深度。心深则眼深。你看这张：母猩猩侧影特写，看不到她的眼睛，却处处感觉得到她深深的怅惘不安。她紧紧搂起的怀抱里，长毛下露出小猩猩怯生生的一只半眼睛。那眼睛天真而清澈，与人类婴儿的眼睛一般无二呵。越看，越感觉到幼小眼神里饱含的满是无助与恐惧。告诉你，我每次看，每次都心酸心颤。

▲哟，还真是。

●这一张呢，美不美？白而柔的茸茸细毛布满画面，熟睡中的北极狐，闭起的眼睛形成一弯曲线，隐约可见蓝绿色的眼珠，妩媚，楚楚动人。那眼皮似颤非颤，在做甜梦吧？是梦里扬着雪花撒欢？是梦里和小伙伴阳光下嬉戏打闹？抑或是梦里钻在母亲温暖的怀抱里撒娇……摄影师深入北极凛冽的风雪，百觅千寻，才抓拍到这帧充满生灵情味的美眼特写。唉！

▲美得你叹息了？

●能不叹息吗？这只，就是这只，多可爱的小北极狐呵，仅仅两小时后，殒命于偷猎者的冷枪下。摄影师远远望见，泪水顿时夺眶而出，仰天长啸。

大抵偶遇

（牛博士对马妞说）

是，是新茶。

是，谈不上什么包装，用手工土纸随便包包的。

不，既没名字，也没品牌。你没听说过、没见过很正常。

不，你这一连串问题的答案都会令你大失所望。不过，你尝尝呢 —— 滋味绝对不会让你失望。

怎样？香气、汤味叫你惊喜了，假如你去测试各项指标，一定更叫你欣喜若狂。为什么说假如？因为从来没人去测试过，也根本无需测试。

为什么？因为此茶出自无名深山，出自无名小庙，出自无名僧人之手。是僧人种来自己喝的。产量之少可想而知。自然也待客。客不多，深山嘛。

珍茶可遇不可求。世事大抵如此。人人皆知的"床前明月光"自然是好诗，如果你肯静下心来翻翻《全唐诗》，必会有惊喜的偶遇 —— 偶遇无名好诗。我更深信，许多可惊之喜是湮没在《全唐诗》之外的。妙书往往也是需要偶遇的。动静闹得很大、博人眼球的书，往往不看也罢。

不，寻不得的。这是茶的桃花源，不足与外人道也。你喝着好就行。若你真去寻了，真让你找着了，被你一鼓吹，招蜂惹蝶，这茶，恐怕也就完了。

笑开了花

（牛博士对马妞说）

看你笑成这样，比听嘻哈包袱铺还乐呐。

乐，先痛痛快快地乐一乐吧。

我却乐不起来。心里只有佩服 —— 我服了。

这位家长真是不失时机、循循善诱、言传身教，把教育功能发挥到了极致：

用什么东西作钓饵，用什么手法，怎样一步一步把孔雀引到跟前，然后，怎样以迅雷不及掩耳之势、电光石火般的敏捷……干脆、利索、漂亮，把孔雀羽毛拔取到手。

孔雀之痛，公众的美丽，瞬间化为一己的快意。而他，居然还恬不知耻，还以耻为荣！

看看这两代人愚昧的笑容，再看看夺路而逃的孔雀，你还笑得出来吗？

孩子好比吸附力极强的宣纸，一笔极淡的朱砂，可氤成山茶花，一点极浅的汁绿，可撇成兰花叶。假如成年累月地往洁白的宣纸上浇污泥浊水，会怎样呢？

家长对孩子言传身教，上级对下级言传身教，长官对百姓言传身教，媒体对受众言传身教……多少良知、善念或陋习、恶习，正是这样传承着。所以，一桩桩令人匪夷所思、瞠目结舌的社会新闻会接踵上演。

对这类社会新闻，我们往往一笑了之啊。你有没有想过？这笑，却是会催开恶之花的。

今晚，我想再看一遍《放牛班的春天》。

不正常

（牛博士对马妞说）

你外甥女要参加成人礼了。你赠她飞机票，先带她去海外体验人生。你的想法很有意思嘛。

你让她独自去宾馆大堂退房，礼貌地说："请查房。"

果然她惊诧了：大堂小姐含笑鞠躬，连连说不好意思，不用不用。因为，那里根本没有查房一说。这是对客人的信任和尊重。

我当然相信，有些人会故意或习惯于把房间弄得一塌糊涂，甚至毁坏、拿走物品，但这毕竟是少数。看表面，此等人是不尊重别人，其实质，是不尊重自己 —— 不，说"不尊重"太轻了，是糟践自己呢！

你让她去询问：晚上外出要不要带防身用具？大堂小姐粲然而笑：没事没事。即使没有大人陪伴，你小女孩孤身一人走走逛逛，也不会受到任何惊吓。她大惑不解，怎么是这样？漫画书里的恐怖，难道都属虚构？

购物结账，你故意遗忘一些钱在账台。服务员追到门外，忙不迭地鞠躬致歉，还钱……

怎么是这样？为什么不是这样？我们这里很多先进的城市、地区不也是这样吗？难道互不信任、互不尊重才属正常？难道贪得无厌、眼里只有钱才正常？

假如习以为常的是粗鄙、丑陋和野蛮，反而把优雅、美好和文明当成了不正常，那才真叫可悲。

我推荐你的电影《日日是好日》，你看了吗？

貌似骗子

（牛博士对马妞说）

两个衣冠楚楚的家伙做出种种模拟动作 —— 是，像哑剧演员 —— 宣称他们手里的衣服极为珍奇，唯有智者，才看得到它的富贵华丽。愚蠢的人，必定视而不见。

是，我讲的正是《皇帝的新衣》里的情节。安徒生揭示了一种骗子行骗的惯用手法。

《皇帝的新衣》问世后，迅速传播，其中的几个思维表达也很快凝固为模式。问题就此产生：宣称智者看得见、愚人看不见的必定是骗子吗？智者看得见、愚人看不见的常识，难道真的被彻底颠覆，变为扯淡了吗？

举例：有人赞叹 A 为贵人，马上有人跳出来揭发："嗤，A 也算贵人？他连一官半职都没有，只是个草根，是贱民。什么东西！"有人赞叹 B 为富人，马上有人蹦出来扒皮："就他？富人？甭说他离胡润榜十万八千里，他连个小老板都不是。他的月薪才几千？在工薪阶层里，还离底不远。哼，穷鬼一个！"

这两位仁兄，莫非真是骗子？

一位颇有点钱，也颇有点名的朋友，由他的人生经历总结出：

"何为富贵？无需向别人折腰，则为贵；无需向别人伸手，则为富"。"真正的富贵人，往往在平民百姓之中"。

说得对。这位朋友别具只眼 —— 或者说，有一双正常眼 —— 是真智者。他说了一条智者看得见、愚人看不见的平凡的真理。

串 门

（牛博士对马哥说）

不肯屈尊？我何尝不想去你的新别墅喝喝茶、斗斗地主？

是，我是很喜欢串门子的，每天必串几家，一向如此。

嘿，猜对了。我串的那可都不是寻常人家之门哦。啊呀呀，你要骂我势利我也没法子，习惯了，改也难。

哪里呀，我能叨问什么经国济世的大事？无非兴之所至罢了。

今天嘛，先拜访了一家，从他家阳台上观望，看小男孩从广场花园深处悄悄出来，走到姑娘面前……

其后一家，我与主人聊了何以万物静默如谜，而桥上的人们又是如何从一粒沙子看世界的。

在接下来的一家，我与主人探究了凤尾船的悲伤，意见相左，起了争执。主人不悦也没法子，我的念头真实且真诚。

又在一家的园子里抚摸了巨人树，遥想地球洪荒时它的模样。

又因为产生共鸣而与另一家主人放声大笑，笑生命是弓，弦是梦想。接下来我们归于惆怅：箭手，在何处呢？……

与他们晤谈，我很开心，真的，很心醉。

不好意思呵，今晚我已有安排。有个疑问纠结在我脑中已数日，不解不快。要拜访的那位太太，你想必是知道的：李清照。

没错呀，我说的串门，是读书人的"串门"呀。

哦，辜负了你的烧烤，冷落了你的好意。抱歉。

不送。拜拜！

笑一个

（牛博士对马妞说）

是，我也喜欢七想八想呀，为什么不多想想呢？

你看，那个爆米花老头停下了又拉又摇的双手，拎起一只破麻袋……很快要"嘭"地一声巨响了。小小的白米粒，或玉米粒，或年糕片，就会鼓胀蓬松，让人刮目相看。

由爆米花我会很自然地想到，有多少人世间的"庞然大物"，其实是爆米花 —— 膨化人而已。于是晃动在眼前的一张张脸，威严的现出滑稽，富态的现出猥琐，而原本就一脸奸相的呢，就，就……嘿，就不必说穿了啦。这样一想，我笑逐颜开。

笑一个！为什么你要让自己越想越不开心呢？

说说你佩服的人吧，譬如契诃夫。契诃夫也喜欢东想西想。你听听他又是怎样想的：他听到妻子或小姨子练钢琴，拙劣难听。他是决不发火的，而会想，真得感谢这份福气，我是在听音乐呐，而不是听狼嗥或者猫的派对。如果他犯牙痛，他会想，太高兴了，仅仅是一颗牙痛，而不是满口牙都痛……

你笑了！

好，我再送你一句语录，还是契诃夫的："生活是极不愉快的玩笑，不过要使它美好也不很难。"

神仙也会碰到难处的，神仙会怎样？"神仙无别法，只生欢喜不生愁。"

你看，笑一笑，不难吧，真的不难。

佛陀的无奈

（牛博士对马妞说）

"我如良医，治病与药，汝若不服，过不在医。"

"我如善导，导人善路，汝若不行，过不在导。"

以上两节佛陀的话，一有缝隙就会钻出来，老在我脑子里笃笃转头头转。

嘿，我像一个好医生，治病还给药。假如你偏不肯喝，莫骂医生太糟糕。

嘿，我像一个好向导，指点一条光明路。假如你硬是不肯走，莫骂向导老糊涂。

我咀嚼，你知道我咀嚼出了什么？我领悟到了话中深藏的无奈。

无奈？佛陀也会无奈？为什么佛陀不可以有无奈呢？佛陀是个有大觉悟、大智慧的人，不是神。是人，当然有人的无奈。

你想，他给世人送出帖帖良药，指出条条善路，例如"行恶得恶，如种苦种。恶自受罪，善自受福"，"行善得善，亦如种甜。自利利人，益而不费"……这些个极浅显、极明白、极根本的做人道理，总是有人偏不肯听，偏不爱听，偏要梗着脖子倒行逆施。

唉，如果碰到又愚又痴、顽固不化的汉子，良医会无奈，好向导会无奈，佛陀也会无奈呀。

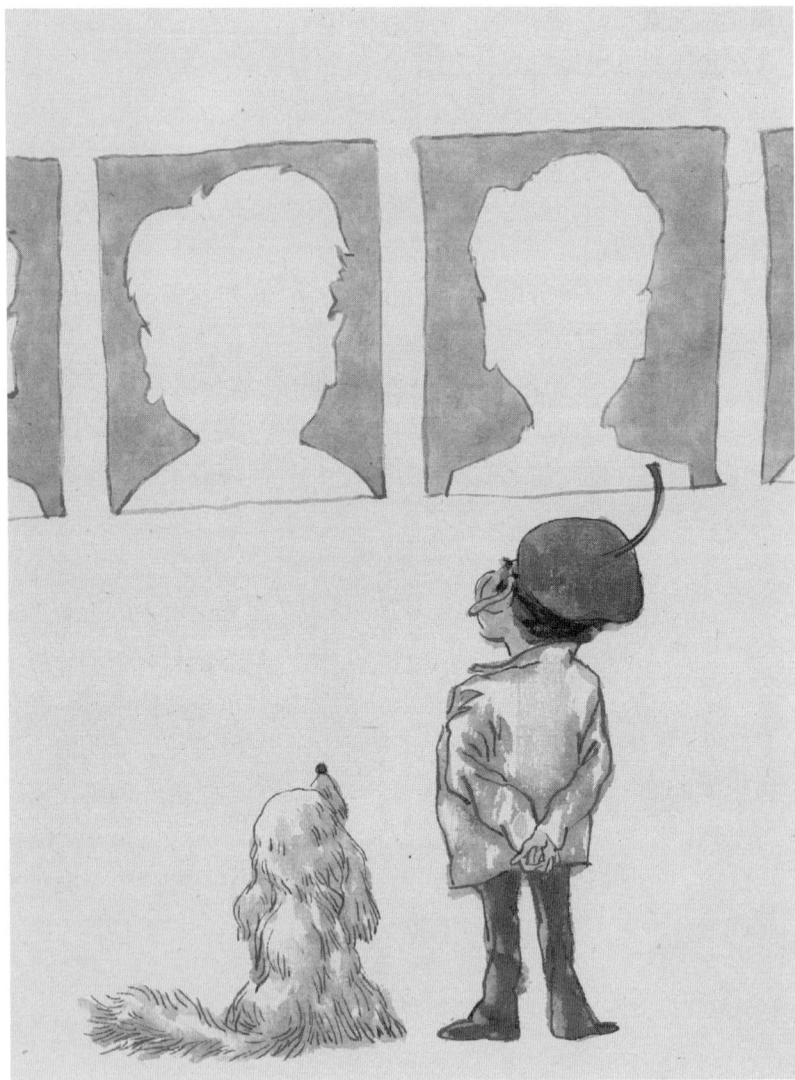

颜　值

（●牛博士▲马妞）

●有位女作家形象地写道：地铁门灯闪烁了，偏有莽汉冲进。她被撞。她怒抬头。假如见是梁朝伟，她心里立刻转气冲冲为蜜蜜甜。假如见是王宝强，她会顺手赏他一记大头耳光！——一切凭颜值而定。颜值呀颜值，竟至于此吗？

▲你这人奇怪耶，不是很正常吗？你老叨叨的经典里不也明明白白记载着吗：西晋时期的小鲜肉潘安，挟着弹弓漫步街头。遇见他的女生都围上观看，不舍得离去。才子左思长得相貌猥琐，文章写得再好也白搭。女生见了，都朝他吐口水呢。瞧瞧，人同此心呀，从古到今都一样。

●长得丑，不看也就罢了，还唾他，你不觉得很过分吗？粉丝也太疯狂，难怪肚皮里一包草的花瓶男——所谓小鲜肉，都能招摇过市，风行一时。

▲酸！谁说小鲜肉必定是草包？飘若游云、矫若惊龙的美男王羲之，书法不是照样冠绝天下？所以，最讨厌你这种男人，又丑又没本事！要知道相貌与才能一样，都是属于天赋的。

●天赋？不对呀，有韩星领头，多多少少明星的美貌不是整容整出来的？像王羲之这样，天生才貌双全的毕竟少有，而能够流芳百世的本领也就更难学了。唉，世道如此啊。看来，虽然我怕痛，也得到韩国去走一趟，去整张李敏镐脸啦。

糖耳朵

（牛博士对马妞说）

好家伙，我不过随口一说罢了，你还真带回北京小吃，还如此之多！好吃，好吃！

你见到小吃店陈设的面塑小人了吗？特有意思吧？老北京小吃是有其特点的。近些年，老北京小吃在传统基础上作了不少改良，品种也吸收了多地风味，更丰富了。而我最钟爱的，还是原汁原味的糖耳朵。

是吗？爱吃糖耳朵居然能证明我爱听马屁话？你是借糖耳朵黑我吧？不符合逻辑嘛。爱听甜言蜜语，那应该爱吃"糖嘴巴"才对呀。

假如咬起文、嚼起字来，那糖耳朵倒是可以参悟出甚深妙意来的。

一团耳朵状糯米粉渍透了糖汁，其寓意是要以不变的甜，去应对、化解世间万般滋味。且不说送来的甜话，任你酸话、苦话、辣话、咸话、狠话、毒话……进得糖耳朵来，一概以甜化之。化之为不酸、不苦、不辣、不咸、不狠、不毒。换言之，糖耳朵顺耳话听得，逆耳话也照样听得，什么样的坏话都能但听不怒。糖耳朵不仅让人明白忠言常常逆耳的道理，而且让人遭遇毒舌恶攻、谗舌中伤时，也能因势接招，并毫无粘滞地将之化解为滋补养身的甜能量。

可口、可贵、可敬的糖耳朵呀，我愿我的耳朵，能早早修炼成糖耳朵。

风雅到骨子

（牛博士对马妞说）

一百多年前，有个上海人徐文台，博学多识，精于书法，又醉心于操琴、写诗和收藏。他在三十八岁时忽然想起画画了。他从兰竹契入，出手不凡。忽然有一天，又封笔不画了。有人问他为何？他的回答，竟然，嗨，竟然是求画者太多了。啥意思？现代人可是巴不得求画者呢，润笔银不也跟着多了吗？银子可是多多益善呀。

他淘到一盏汉宫雁足灯，欣喜不已，拿它作了斋名：西汉金灯之室，并制成拓片，寄了一份给好友龚自珍分享。

龚自珍拿到拓片，作诗一首答谢。诗中说，自己曾经拥有过的青铜器物，以及自己的收藏癖好，如今都已烟消云散了，正像《典宝》之失传。出土的汉宫雁足灯，想必已铜锈斑驳如青泥苔，古意盎然了。我为你高兴，并且联想到了陈朝文章高手徐陵。陈主曾因徐陵代他拟了一篇妙文，赐了他一件珍贵的灯盘。如今，你老兄也可如徐陵一般，在千年古灯下读书了。那是何等惬意的事呵。

这个书呆子！卖画商机涌来时，徐文台却搁笔了，自断财路啊。宝灯到手，他不仅不立即转手出让，狠狠赚它一票，也不去银行租只箱子存着，伺机天价抛出。汉宫雁足灯，国宝级文物呀，值木佬佬的黄金呐。这个徐文台，却只是给它注灯油、点灯草，照着他的黄卷去苦读。

想想这个上海人吧，这才叫深入骨髓的真风雅呐。真正叫人羡慕、嫉妒 —— 爱！

孙隆修堤

（▲马妞●牛博士）

▲你以为我傻？白堤，白居易修的。苏堤，苏东坡修的。西湖孙堤？有吗？想耍我？难道是孙悟空修的？

●低头看，你脚下的便是孙堤了。袁宏道说："望湖亭即断桥一带，堤极工致，比苏堤犹美。夹道种绯桃、垂柳、芙蓉、山茶之属二十余种。堤边白石砌如玉，布地皆软沙如茵。杭人曰：'此内使孙公所修饰也'。"

孙公者谁？明代万历年间的一个太监，姓孙名隆，任苏杭织造二十余年。那时，白堤已很破败了。他拿出本可用于花天酒地的二十多万两银子，设计重修，并增添建筑景观多处。白堤经大改造，成了孙堤。孙堤宽二丈，两湖光艳，十里荷香，亭台楼阁，可风可月。杭州居民都对他的善行欢喜赞叹。

当时，苛捐杂税已导致多地暴力抗税。他倒霉，偏在此时，奉旨去征税，遂引爆了史称的"苏州织工之变"。孙隆如何处置？他开 —— 不，不是大开杀戒，而是 —— 开溜了。说得对，确有人说他是"其心似有不忍"。但他这一溜，弄得龙颜震怒。自此，正史、野史上都把他的踪影揩得干干净净。孙堤之称，也随之消失了。

不怪你，你自然不会晓得孙堤的。我们头脑里的太监形象，往往奸诈狠毒。而在纪实摄影大师布列松的镜头中，那个太监却长着一副可悲可悯的模样。孙隆这个太监，是不是应该很像后者？

街景不寻常

（马妞对牛博士说）

今天，你不觉得氛围有点怪怪的？不单单是都市的黄昏与乡野的黄昏不相同吧？

酷日仿佛西沉，探头探脑于楼群夹缝间。

行道树顿时隐没了透明的叶，路面光斑尽失。绿叶色差缩小，一律浓重。面包房、时装屋、超市……纷纷举灯，晒温馨。

云的层峦叠嶂却还能接收到夕阳光。白云不再白，从浅黄到金黄，或轻或重地渲染着。云的近山呈灰色，由铅灰到浅灰，如泼墨山水的洇晕，有些还镶上了炫目的金蕾丝。

云把它的异亮，散漫地映射到人间，本应昏暗的街市遂笼罩上了一层诡谲陆离的微光。砖面的墙、岩面的墙、涂料的墙，都把原本单纯的色相，调成了多重复色，望着眼生。玻璃幕墙更玩起了后现代艺术的勾当，渗透与混杂，拼贴与错位，写实的变得抽象，抽象的貌似写实。

行人多样的服饰和座驾，贩花的自行车和宅急送的助动车，缤纷如油画之点彩，如摄影之炫技，协力打造着魔都海市蜃楼般的怪诞……

是，我静心，我观察，我发现。习以为常中，果真有不寻常。

人躁猴静

（牛博士对马妞说）

一眼瞥见照片里黑耳绒猴的玉容，吓我一大跳！这不是《山海经》里人面怪兽的复原再现又是什么？

怪兽猴果然怪诞啊。都说猢狲屁股坐不住，常见的猴子们当真生性焦躁，坐无宁时，在断文识字、讲究教养的人类面前洋相出足。

偏偏，猴族中一只好静的黑耳绒猴冷然现身，肩负着羞煞人类的崇高使命。

瞧瞧，虚妄自大的人类，有眼不识金镶玉，不仅乱辟公路，飙着座驾招摇，弄得周遭噪声连天，还大呼小叫，乱掷食物，肆意挑逗绒猴，破坏绒猴生存环境。

绒猴这位金镶玉，直面猥琐人类的喧嚣骚扰，却一派君子气度，非但没有龇牙咧嘴、恶吼相向，更不曾狂跳如雷、以暴制暴，反而优雅从容，报以不屑一顾的缄默，飘然隐入密林深处。

咦吁兮，人与猴，居然轻易就颠了个倒：猴如谦谦君子，人如无良痞子！黑耳绒猴做了一回出人意料的陪衬者，叫人类出乖露丑，老脸丢尽。

人类做梦也不曾想到，绒猴会主演一出《道德经》，用"教养"戒尺重重敲打了人类的脑袋！

闲云野鹤

（▲马妞●牛博士）

▲G这小子明明自得其乐于名缰利锁的束缚，却自诩闲云野鹤，还刻了枚"闲云野鹤"印章，嘭嘭乱敲。你这个散漫人，怎么倒不想着刻一方呢？

●你有点想不通？是有点滑稽。G的"闲云野鹤"章，请了位印风霸悍的金石家奏刀，更见滑稽了。是，我是十分向往闲云野鹤的状态和境界的，可拿它刻成闲章显摆，不就刻意了吗？云欲闲，鹤欲野，不要说刻意，连着意都不行的。

当你坐在灵隐三生石边，听着蝉鸣发呆。茫茫然，忽见一碧如洗的晴空不知何时竟有了一小朵淡淡的云。你正诧异这朵云来自何处，它又将去向何方，愣怔间，白云却又消失得了无印痕。招不来留不住的，是闲云。

当你置身溱潼湿地，顶着炎炎烈日，眼巴巴地盼望麋鹿，哪怕一只，能闯到你的视野里来撒一把野……焦躁间，你的发际掠过似有若无的一缕微风。你转过头去，却见一羽仙鹤，轻歌曼舞。你忙不迭掏手机，欲抓拍白鹤亮翅……可怜镜头里唯余莽原一片。给人惆怅的，是野鹤。

着意、刻意去求得的，只能是人造云、圈养鹤吧？

山灵知己

（牛博士对马妞说）

这些东西我是不看的，劝你也别看。是，这些作者也算是名人了，真替他们难为情。抄抄导游词，满篇都是网上一搜就搜到的陈谷子烂芝麻，还时有抄错、不理解而弄错，也好意思称散文！

不，互联网诞生之前，靠东抄西抄的"游记"就已没有什么存在价值了。三百多年前有个上海人，他说，山川没有口，要借人的口来说话，山川的眉目，要靠人来生发。因此，写游记的人应当是山灵的知己。他要随着山水的跌宕起伏，时懦时壮，时嗔时喜，时笑时啼，时惊时怖，时呵时骂，铤而走险时如山鬼，伴云行雾时似仙人。所谓笔悍而神清，胆怒而眼俊，精魂与山川合一，总得有见人之所未见，闻人所未闻的地方。

像你手中这本书的写手，他给他们起了两个绰号。一个是醉梦人。像个醉鬼七冲八撞，伸懒腰、打哈欠一派呓语，只好骗骗不懂的糊涂人、愚昧人。另一个是山水乡愿，不懂装懂，没有一点自己的见解，翻来翻去，七兜八兜，离不开抄袭和学舌。

书 问

（牛博士对马妞说）

书边泛黄，页面长出了褐斑，曾经神采丰润、腰板健朗的书呵，已然色衰而萎顿了 —— 它，默默记录了多少一言难尽的岁月。

长江后浪推前浪，架上新书替旧书。浪，不知推了几拨。有些书簇簇新的，却已被更换。也有些书纵然布满寿斑，纵然纸张发脆，却静静地靠在那里，不曾替换，不敢替换，无法替换。

七八十年前，印度诗人泰戈尔来到上海。向来以海纳百川自许的上海人，居然以文字臭鸡蛋、烂番茄夹头夹脑抛将去，当作热烈欢迎。

唉，诗人呀诗人，你说你"好像一个进香人，来对中国的古文化敬礼"。进香就进香呗，为什么要说有"不很愉快的感想"？为什么要说"看不出一点点的中华文化的精神"？ 为什么要说"要晓得把一切精神的美牺牲了，去换得西方的所谓物质文明，是万万犯不着的"？您老真是一肚皮不合时宜呀。

我小心翼翼地扶正书架上泰戈尔泛黄的书籍，心里却惦记着，依然荣耀的"臭鸡蛋""烂番茄"，何时会被送去化纸浆？

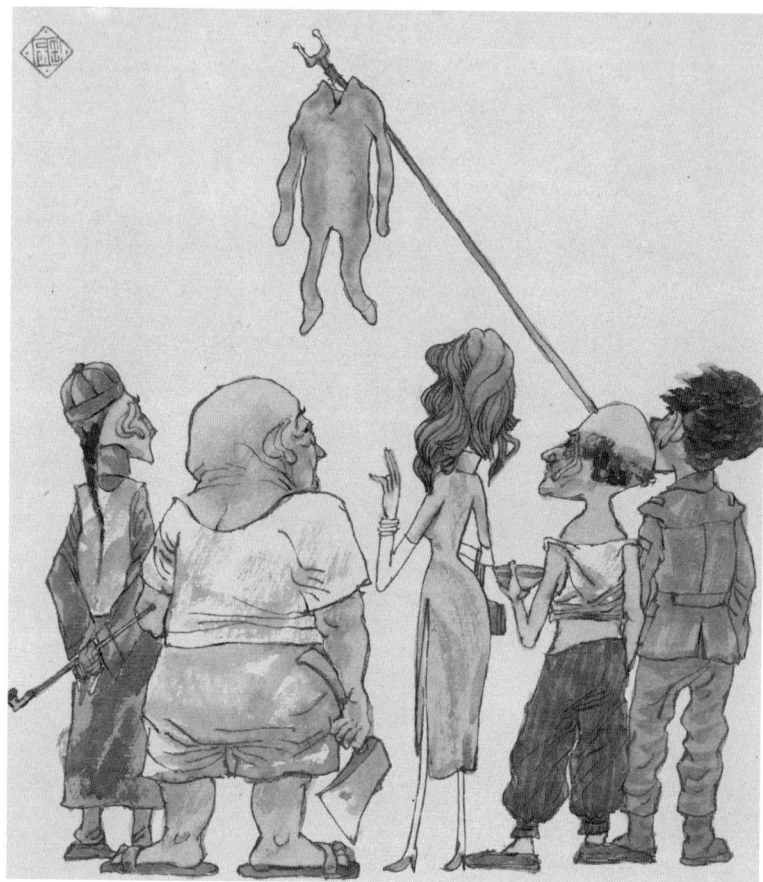

做新衣

（牛博士对马妞说）

是吗，你读过鲁迅编的《百喻经》？那就好，省了引子，开门见山，这个故事确有点像《百喻经》：

某人妻子怀胎九月，临盆在即。

他聘了当地最好的裁缝，给未来的孩子做衣裳。刚出裁片，他就性急地摆了酒席，郑重其事地请来叔伯舅侄、三大姑八大姨，广泛征求对新衣裳的意见。

酒过三巡，托出裁片，一一点名，诚恳至极。

石匠张说："这个这个……别的我就不说了，这衣料瞄着就不结实嘛！"灯作李说："预产期不是夏天吗？花布怎么能用梅花图案呢？要莲花才对头。"塾师王说："男孩不穿绿衣哦，古人所谓红男绿女也！"葱姜马说："对襟？太土气、太老气，我老太婆穿的嘛。"板车孙说："这块是前襟吧？我怎么瞅着像……不说了，说出来多不吉利！"竹篾朱说："胳肢窝，喏，就这儿，弯得很不自然的，要自然美嘛！"……

好心的众人七嘴八舌，纷纷发表意见、献计献策。这位朋友却听得满头大汗、无所适从。老裁缝更是手脚冰凉、两眼翻白……

没有了，故事到此结束。

穿 帮

（牛博士对马妞说）

好玩！好玩！"穿越"变成了大家的草船，巴望着岸上万箭齐发呢。

你把左手书橱第三层右数第六本书取来。对，就是它：《亚瑟王朝的康涅狄克州美国人》，作者：马克·吐温。是呀，老马一百多年前已把"穿越"玩得很溜啦。老马的"穿越"，有趣味，有意思！

"穿越"本身无所谓高深、肤浅，也不在于有多少"科技含量"。须知，文学本是人学，电视剧也是人剧。"穿越"的所有戏，都出在现代人的生活、思维习惯与古代人的生活、思维习惯的冲撞之中。对古今习惯之差异理解越深，碰撞出的火花越鲜亮越好看。

你瞅瞅当今一箩筐一箩筐被诟病的"穿越"吧，懂一点古人的生活习惯吗？更不要说古人的思维习惯了。对现代人呢，照样皮相到不能再皮相。豆腐渣与烂棉絮冲撞，你还指望有好戏看？

所以，"穿越"可以是蓝天上的高穿，也可能是钻狗洞式的低穿。错不在"穿越"。而既不熟悉古代，也不熟悉现代的朋友居然有胆量出来胡编乱穿，不穿帮才怪。

二 笑

（牛博士对马妞说）

是，这家伙的确是个小人，是混蛋，逮着机会就放放你野火，或利用手中小权搞点小动作，弄双小鞋给你穿穿。你委屈你难过，我很理解。

我赠你一句能让你开心、让你宽慰的话，培根说的："缺德者常常嫉妒别人之有德。"

他越是这样做，越暴露出他德的欠缺，你应该开心才是。

笑了。好！再赠你一个故事，听了别不开心哦。

有位得道高僧，徒弟来自天南地北，不同年龄不同文化层次的都有。徒弟 A 勤恳敦厚，徒弟 B 头脑活络。一天，B 与 A 争吵起来。A 说"三七二十一"。B 硬说"三七二十四"，还歪理一套一套的。A 横竖说不过 B，气坏了。两人争辩到师父跟前，请师父评理。师父听了，对 B 说："你口才很好嘛，可以下去了。"B 刚走，师父就给了 A 重重一记爆栗，斥道："你呀你，跟一个连三七二十一都拎不清的浑小子计较，还有什么出息！"

笑了。好！这一笑胜过前一笑。

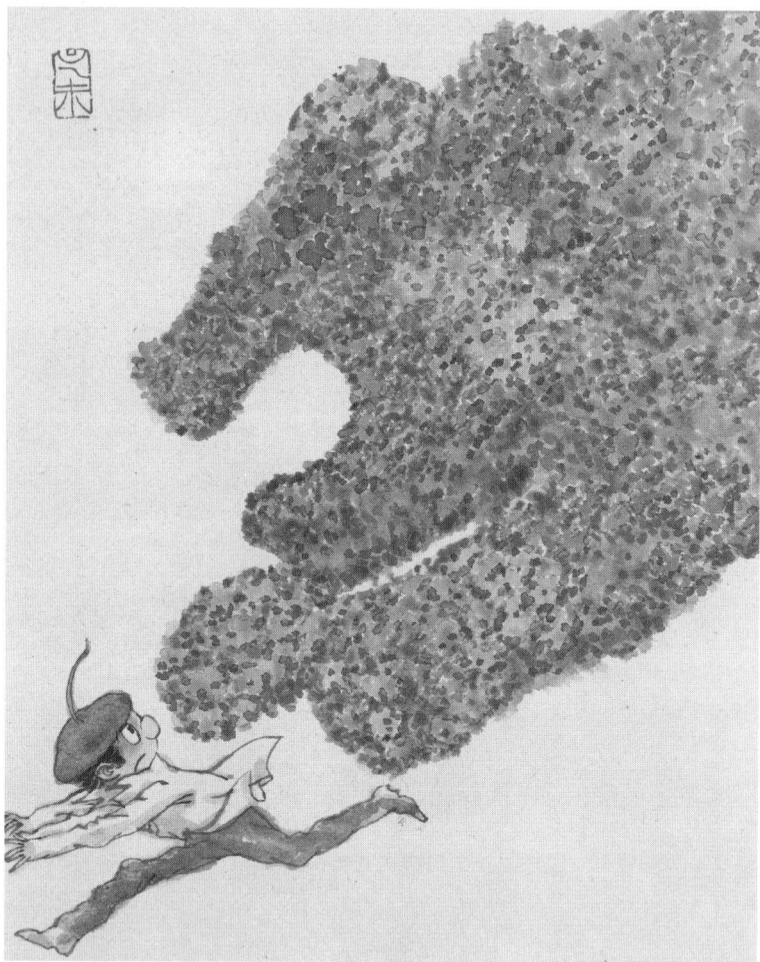

非洲凤仙花

（牛博士对马妞说）

古代人也"美甲"，但远没有你们花样经这么多，染指甲用的就是你种的红色凤仙花。

凤仙花花色很多，杨万里有诗赞道："细看金凤小花丛，费尽花司染作工。雪色白边袍色紫，更饶深浅四般红。"

凤仙花为一年生普通草本花卉，而你在台湾看到的非洲凤仙花则是多年生肉质草本了。那里花园、校园、行道树下，建筑周围……以前栽培颇多，且多色混种，一片片绚丽如花毯。你在这里用了"惊艳"二字，是蛮贴切的，而你有时候大呼"惊艳"，则属于乱用，太夸张。

非洲凤仙花原产坦桑尼亚桑吉巴岛，因为花色美艳、花期长，被各国旅人争相引种，非洲凤仙花热辣辣走向世界。你看，拍自新西兰、巴西、夏威夷……的摄影，怎么样？

且慢"哇噻"。"花毯"是好看，但人们始料不及的是，这"花毯"会放肆扩张。它繁殖极快，果荚一熟即会爆裂，将种子四散射播，它又能无性繁殖，断枝落地即生根。它快速攻城略地，终于被联合国宣布为有害植物。

你用不着紧张，你的凤仙花不仅没危险，还是药材、食材呢。

坏眼美学

（马妞对牛博士说）

你说海选"城雕十大丑"闪亮出台，你说被我漫不经心地忽略过去可惜了，你说我失去了一次很好的观摩机会……我真想舀盆冷水浇浇你的头，你这番话像话吗？你存心让我添堵，帮我减肥？

咱小区也在出花样了，不伦不类地盖牌楼、挖沟、架桥，还莫名其妙地矗了一组雕塑。美？丑？我不加评论，反正，我看着挠心。嗬，你别装傻了，为什么你低着头匆匆走过，都不肯正眼瞅一瞅？

丑城雕、庸城雕如同雨后春笋呵。网民兄弟姊妹们议论风生，我看都有一定道理。

问我？我的意见？且不论幕后有没有灰色链，很根本的一条是：越来越多的人从骨子里把金钱当作了评判艺术品的第一标准，捧着艺术品犹如捧着一叠会下蛋的美元。什么美，什么丑，铜钿说了算！久而久之，眼睛都坏了，只要能骗钱，丑就是美，恶俗就是优雅。

一旦雕塑家、专家和主其事者的眼睛都坏了，你就只能眼睁睁地看着丑雕塑前仆后继了，你就只能傻乎乎地巴望美雕塑侥幸漏网了。

故作惊人

（牛博士对马妞说）

小时候读《艺海拾贝》，看秦牧写祝寿：某人对寿公朗读了两句吉利的贺诗之后，忽然话锋急转，杀出一句"儿孙个个都成贼"来。众人听了大惊失色。此公却在休止符后面悠悠地续上一句"偷得蟠桃奉至亲"。于是满堂喝彩，皆大欢喜。

当时读了钦佩至极，叹为观止。长大以后才知道，"故作惊人"是古人的常用手法。

试举一例。景公问晏子："忠臣怎样侍奉国君？"晏子的回答竟然是："国君有难，不去跟他赴死。国君亡命，送都不送。"嘿嘿，不要说景公听了怒不可抑，你吃得消吗？国君罹难，紧跟着赴死，国君亡命，护送逃窜，这才像忠臣的样子嘛。

惊人的效果已然达成，晏子可以把景公乖乖地引向他所希望的目标了：国君能听从忠言，必不会罹难，忠臣用得着殉死吗？如果国君不听忠言而亡命，忠臣用得着去虚伪送别吗？所以，忠臣的职责是让国君从善如流而兴旺发达，而不是与昏君一同身陷绝境。

所以说，如果不想不得善终或亡命天涯，就该眼明心亮，认清忠奸，抵制巧舌如簧，听从逆耳之言。晏子言下的忠臣是谁？不用挑明，你懂的。

认识之差异

（牛博士对马妞说）

故事一点不冷僻，也许你早就听过。

上帝拿到两个名额，这样，就有两位天使可投胎人间。甲名额将有很多人给他钱，乙名额必须不断给别人钱。一个头脑活络的天使迅捷认领了甲名额，另一个老实巴交的只有拿乙名额的份了。结果呢，甲投胎人间沦为乞丐，很多人往他膝盖前的破帽里扔钱。乙则成了大富翁，必须给很多人发工资，同时要给包括乞丐在内的许多人做慈善。

你都听到了，我请了几位青年谈体会。同胞青年几乎众口一词：光有小聪明的蠢驴，活该穷。憨有憨福，吃小亏，拾了大皮夹子。

也许是巧合，青年老外的回答居然也异口同声：给予所得到的快乐，强过接受的一百倍。接受往往要付出丧失尊严的代价。

我当然郁闷，我能不郁闷吗？一边的着眼点结结实实地落在金钱上，而另一边的着眼点却明确无误地落在给予、接受和尊严上。

对同一个故事的理解和认识，落差竟如此巨大，由此可见，我们人生观、价值观普及教育的担子有多重！

安详是盾

（牛博士对马妞说）

这样的陈年往事，现在听起来像说梦。而这样的陈年往事，曾经很平常，在西方很平常，在东方也很平常。它安静地活在我们渐渐疏远的纸质书里：

老奶奶用她勤劳的双手，用一颗平常心抚育了几代人，为社会输送了一个又一个健康的细胞。用我们今天的眼光来看，她的生活不但谈不上富裕，连小康都沾不上边。但她的小木屋里、小院子里，一年四季洋溢着她微笑的阳光。一家人的衣裳、家具和心境一样，始终清清爽爽。她一大家子的生活，笼罩，不，蕴含着向上的善意。她的一举一动，无非是在书写"脚踏实地"四个字。她的一言一行，满怀"人在做，天在看"的虔诚。她没有我们羡慕和夸赞的强大气场，但走近她，谁都能感受到她平实的智慧，受到她的感染。

我想，她是守护神，安详是她的盾，抵御了暴戾。我想，她是长于血透的神医，她用安详替换了人们血液里的乖张。

影响力

（▲马妞●牛博士）

▲有，有，你坏笑了！你自己不觉得而已。

●你反复说到的"影响力"，我是有异见的。你看，盛夏，突然狂风大作，滚雷隆隆，影响力可谓大矣。但，噼里啪啦砸下几颗雨珠，在滚烫的路面上瞬息不见了。"雷声大，雨点小"，很像许多人说的"影响力"呢。没多少实质性内容的"影响力"，不要也罢。

还有更滑稽的：晴空霹雳，惊雷阵阵，烈日下路人皆举头望云，盼着清凉甘露。可是，被吊了半天胃口，不要说没等来淋漓快雨，连凉风都深藏不露。这种干打雷式的"影响力"，实在是很不老少的呀。是不是有点欺骗感情？

所以，我对追逐大"影响力"的朋友只有一笑，却赞叹春雨的"润物细无声"——不显"影响力"的影响力。

绵绵春雨里，悄无声息地，壳裂芽发了，根粗须张了，花红卉绿了，菌菇撑伞了……禽畜舒筋，虫子蠕动……不仅仅动植物，连苍苍千载的摩崖老石刻，也滋润了，斑驳凿痕竟洇漫出了生命的晕迹，仿佛书圣微醺、蕉叶当纸、笔歌墨舞的情景再现。

般若花开

（▲马妞●牛博士）

▲般若？不就是智慧嘛，故弄玄虚，弄得人家读都读不来。

●智慧这个词被用滥了用歪了，我不太喜欢。你想，人们赞为智慧的，不往往是小聪明、小伎俩甚至是权术、手腕吗？我爱用般若这个不常用的词，是为了让感觉由小陌生进而小清新，警醒自己。而般若的本义又确实与智慧有差异，精深博大得多，是我高山仰止的大智慧。

不妨把般若譬作花儿。

邵雍说：不懂花的人只爱花之貌，懂花人爱的是花之妙。因为"花妙在精神，精神人莫造"。

杨巨源说："蝶栖惊曙色，莺语滞晴烟"，"始知清夏月，更胜艳阳天"。那是说境随花转，花精神的不同呈现，使时空惊艳连连。

德容对花之秉性可谓彻悟："土来浇灌水来栽，颠倒功夫任我来。满院春风花自语，不将颜色向人开。"

若论犀利，请看卢纶赏花诗："老僧无见亦无说，应与看人心不同"……

▲你是想说，得般若花熏陶者，观察思考便能深邃广阔、便能上一新境界？是不是？

嗯，我好像闻到一点点般若香了。

景色有价

（马妞对牛博士说）

英格兰康沃尔郡北部的朗普斯半岛有着绝佳的自然景色。摄影家乔·科尼什一直记得父母第一次带他和弟妹游览此地的情景。

父亲指着伸进海里的、形象独特的半岛说，那是一条在北大西洋上打盹的困倦的剑龙。那活灵活现的龙头、龙颈、鳞片和前腿，令孩子们兴奋且恐惧地尖叫起来。成年后，科尼什知道了，这个奇妙的岬角还是铁器时代山丘堡垒的遗址。

上世纪三十年代，有关方面挡不住金钱的诱惑，拟把它开发成毗连海湾的旅游小镇，挂牌出售地块。

朗普斯半岛旖旎的静美，面临商业喧嚣的噩梦。

正像孙悟空斗不赢妖怪时，天空忽然有祥云飘来，观世音驾到了。英国国民托管组织及时伸出援手，买下了这片自然美景。按章程规定，这块地永远不得他用。美景还被摄下印成海报，四处张贴，以《无价的景色》为题。

古人说："朗月清风不用一钱买。"

唉，如今的清风朗月假如拿不出铜钱来购买，恐怕就遭殃了。

可能遭殃的难道仅仅是朗普斯半岛？我想发起成立专买美景基金会。

茶不苦

（▲马妞●牛博士）

▲茶不苦？标新立异！也不想想，知堂老人为什么有写不完的苦茶经？

●除了苦丁茶等少数茶外，一般茶都不苦，最多含一丝丝无伤大雅的微苦。知堂说茶苦，一是因为他心里苦；二是因为他不懂泡茶的讲究，不得法。泡茶，除了水质，水温也太有讲究，各类茶叶厚薄嫩老不同，所需水温也不相同。一般说，是水过烫，才把茶烫苦了。不信，当场试试。这是特级明前碧螺春新茶。第一杯，沸水冲泡……嗯，有苦味了。第二杯，别急，让水凉一凉。不急，再凉一凉……还嫌高，你急了，那就先倒水后下茶吧。尝尝，有淡淡甘甜吧？有淡淡清香吧？你能品出隐藏在茶香后面的另一种香吗？对了，荷花香！是用棉纸袋盛了茶叶，置于开放的荷花花朵里。晚上花朵收拢，茶吸花香。待次日荷花重新开放时取出。是，当真是极品。你尝尝这第二泡……

▲呀，果然更甘甜醇香。

●好比人生，凡事不可心急火燎。要有热情，更要把度拿捏得恰到好处，让生活自在地释放出悠长的香和甜。浮躁，急于求成，不仅会扑灭生活固有的醇香，还会把甘甜糟蹋成苦涩。家事国事都不例外呵！

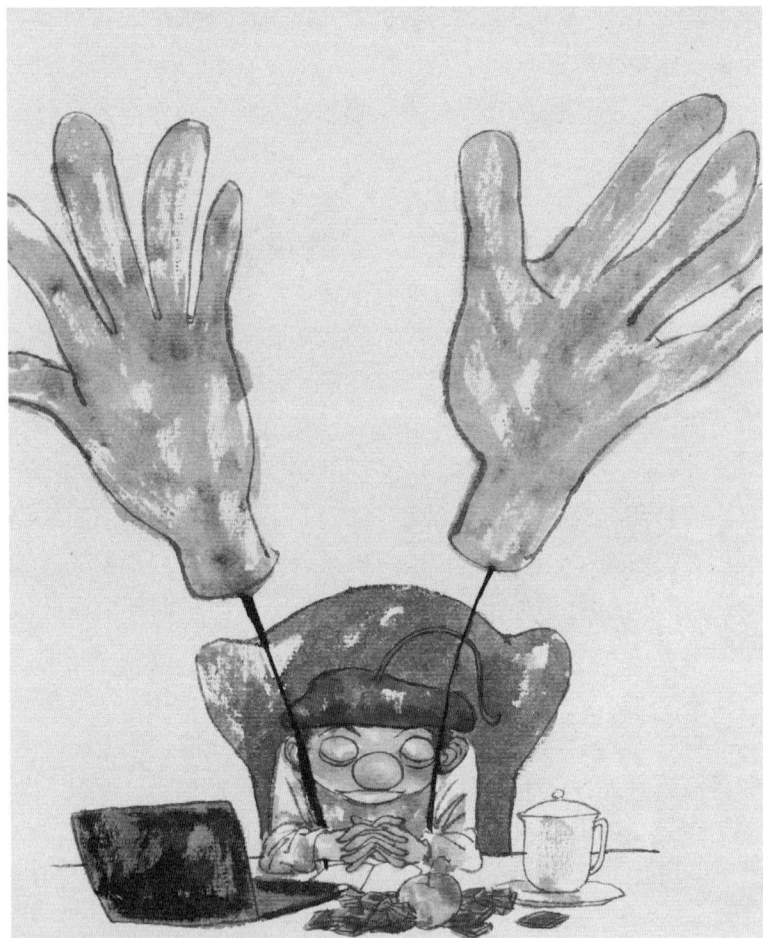

乱拍手

（▲马妞●牛博士）

▲"不求外行乱拍手，只求内行暗点头"，俗语嘛，我当然听说过。

●演奏家急风骤雨般的演奏戛然而止，昂首闭目，左手虚触琴键，右手高悬半空……寂静中，台下响起噼里啪啦的掌声。唉，演奏家正随着作曲家、引着聆听者悠悠扬扬地神游万仞呢，演奏家正挽起缰绳，胯下骏马扬起前蹄作人立状，为下面的奔驰蓄势呢，此时无声胜有声呵。可是，可是，一身富贵、一脸颟顸的朋友们却欣然贡献出了他们慷慨的掌声！你想，生猛突袭的冰雹令演奏家、聆听者多懊丧、多恼火！所以，外行的乱拍手，不仅令人"不求"，更令人讨厌。

▲我看未必！媒体上天天可见的"热锅快炒"式文章，也应属于"外行乱拍手"吧？拍不到点子上的、把毛病当优点、把优点当毛病的多着呢。但是，不照样拍得人飘飘欲仙吗？不照样拍得人醉醺醺引吭高歌"掌声响起来"吗？多少人为求拍手声不得而黯然神伤而急火攻心呢。难道不是吗？嘿，你敢说不是吗？

花头经

（牛博士对马妞说）

你知道了一个洋兰，就"洋兰洋兰"地没罢没休了。粗糙！像你这么浮皮潦草的，白白流失了多少人生养料。

你盯着瞧的，属于洋兰中的石斛兰……哦，你也听说过呀，那你知道石斛兰又有多少种吗？ 1200 多种！是兰科植物第二大家族。因为石斛兰的许多成员业已改良驯化，容易栽培，花市里多的是石斛兰。

植物学家又根据形状习性将它细分为 41 节。你看，这些像不像红灯笼、黄灯笼、白灯笼？索性命名为灯笼节了。瞧边上那一盏，还挂着长长的流苏呢，我也觉得漂亮得别有韵味。

那一根根长茎上簪满了粉红、嫩黄的花朵，简直是飞流直下的花瀑布呢。这种倒垂春石斛的别名就叫瀑布石斛。对了，像绣球花一般抱团成簇的，就叫球花节。紫色的是紫球石斛，白色的是它的变种。几盆花形奇特、花色复杂的，则属于魔鬼节了。像不像妖艳的鬼脸？

人类栽培兰花已有三千年的历史。我们中国人的审美使我们偏爱清瘦优雅的蕙兰。西方人则喜爱硕大艳丽的兰花品种。英国维多利亚时代，还有"兰花猎人"漂洋过海到处觅兰呢。

你看，随便说说，花头经已这么多。"人皆知以食愈饥，莫知以学愈愚"。乐于学习、勤于学习的人，聪明才会相随。

莲 雾

（▲马妞●牛博士）

▲好吃！好吃！脆甜爽口，水分很多。嗯，再吃一个。这种台湾来的水果我也曾在水果店见到，但没吃过，怕涩，不敢买。名字有点怪怪的，怎么能叫莲雾呢？会化成一团烟雾吗？

●这莲雾原本是马来语的台湾音译。音译嘛，往往与原读音有距离。没有规范统一前，因发音差异，它的名字五花八门。譬如莲雾曾用名中有一个叫"南无"的。还有诗哩："儿童登树摘南无，风味新鲜色美腴"。其他曾用名还有染雾、软雾、剪雾、莲雾、辇雾等等。假如填履历表，格子都不够填。

▲其他叫法都不离雾字，怎么冷不丁冒出个南无呢？

●因为它的曾用名中另有叫菩提果的。菩提不是与南无大有关联吗？还有叫蒲桃、洋蒲桃、爪哇蒲桃的呐 —— 因为早先，种植莲雾最多的，是印尼爪哇岛。那时莲雾果子小而酸涩。直到同治年间，莲雾在我国台湾本土化后，才被改良得个大、清甜、多汁了。

狙击手

（ ▲马妞 ●牛博士）

▲如今，博客像满山遍野的繁花，看得我也像十月里的大闸蟹，脚痒痒的，很想弄个博玩玩。我看你有时也会混到媒体上去露个小脸，充充票友。

嗨，你可有什么不成熟的写作体会，供俺参考参考？

●体会？自然有一点的。不过，我的体会另类，不要一听吓一跳。三个字：狙击手。

你看有些朋友码起字来，活像端了挺机关枪哒哒哒乱扫，动静大，爽得很。可是定睛瞧瞧，粉墙、危崖、树根、荒坟……满目弹孔，而命中的活物何在？是苍蝇？是蟑螂？

▲恶心，你才蟑螂呢！

●慎重甄选，锁定目标。不要以为敲键盘时才是写作，狙击手也不是扣扳机时才是狙击手啊。耐一耐寂寞，沉一沉气，眼观六路，耳听八方，把丽花艳草的诱惑、黄蜂粉蝶的挑逗统统划归盲区，一心只盯着目标。寒风权当冲凉，冷雨借来润肺，不为目标行踪的稍纵即逝而心浮，不为蛛丝马迹的真伪莫辨而气躁，准星，锁定眉心……不忽悠别人也不忽悠自己的生命。

难？是难。但，只有这样，你文字的生命力才会强盛。

慧眼先庸俗

（牛博士对马妞说）

当今，我们太需要慧眼，而慧眼稀缺。

就说读书吧，想从茫茫书海中甄别珍珠鱼目，叫一个普通读者从何着眼？唯有求助于评论者的慧眼了。评论者理应不负读者众望，目光即使不能如炬，也当如烛，烛照一番。虔诚读者心呐，深信评论者必具慧眼，在慧眼的烛照下，必定泾渭分明：鱼目是鱼目，珍珠是珍珠。读者诸君决计想不到，评论者也会患白内障、青光眼！甚而至于被作为珍珠赞美的，连鱼目都不是，是鸟屎呢。可怜的读者朋友，喜滋滋地将鱼目串、鸟屎串挂到了玉颈上！

你与你的闺密们津津乐道的几本"珍珠"——畅销书，我老实告诉你，其中一颗珍珠都没有，除了鱼目就是鸟屎，还是老鸹屎、秃鹫屎！

嘿，别急嘛，喝口茶，清清火，上好的六安瓜片。你以为我故意丑化你们的靓眼？你们的靓眼蒙蔽于"慧眼"了。那么评论者的慧眼都是昏眼？当然不全是。有昏眼，也有献媚于钱眼的明眼，也有瞅着权眼行事的亮眼，而具有独立眼格的慧眼，难得！

好了，事情就这么简单：大众审美眼光之所以低俗化，是因为慧眼们先庸俗了。

不做饕餮

（牛博士对马妞说）

你知道你说了几遍饕餮吗？繁琐重复不说，还用词不当！我真弄不懂，饕餮是怎么会变成带褒义的流行词的？人家用着时髦，你就跟着用了？

你可知道饕餮的本意？其实你是见过的，那个青铜鼎上狰狞的嘴脸，正是饕餮的尊容。饕为贪财，餮为贪食。饕餮凶猛。它的品尝色香味的感官完全萎缩，鉴赏真善美的理智彻底退化。它成了极度膨胀的贪欲的化身。这种传说中贪的凶兽，后来特指贪吃的粗坯了。

现在，你明白你喜形于色地大谈"饕餮之夜""饕餮盛宴"有多可笑了吗？

不过，有一点倒是无意中对上了：一群人哄来哄去地轧闹猛，狼吞虎咽，贪得无厌，攀比斗狠，纵欲无度，那真是饕餮们的狂欢节啊。

大的艺术品需要慢慢欣赏，小的工艺品需要细细把玩，好茶美酒需要深深闻香，佳肴美食需要静静体味。就说如今人们津津乐道的奢侈品吧，没有安谧的环境，没有优雅的灯光，你如何去感知它的精美与风致？近日龙泉青瓷荣登世界非物质文化遗产保护名单，当你一件青瓷在手，却无超然于尘嚣之上的心境，又将如何去享受它的温润如玉？

这与饕餮有半毛钱的关系吗？

官窑头上一把刀

（▲马妞●牛博士）

▲你敢说清三代瓷器不好？你敢说官窑不好？你也太狂妄了吧！你以为梗着脖子唱反调就是有思想？得了吧您哪！

●真有意思！想用棍子解决问题，倒是有点接近官窑本质了。嘿，多少"收藏家"说到官窑便摇头晃脑，啧啧称艳，顶礼膜拜哪！多少瓷人觍着脸拉官窑大旗当时装，往自己身上包呢 —— 也不想想，挨得上吗？

要说清代文化，那是有两个不成熟的嫁接特征的：满汉文化的粗浅嫁接，东西文化的粗浅嫁接。在清三代官窑瓷器上，这两个特征有着鲜明体现。

因为嫁接是粗浅的，所以问题多多，艺术趣味不高不雅，而这些，在迷信者眼里当然都是看不到的。论制作，那是一丝不苟的，不苟到战战兢兢的。因为宫廷有特派员 —— 唐英们，高擎着皇帝亲授的快刀，矗立瓷人背后。瓷人操作稍有差池，脑袋立马落地！

官窑，不是意志自由者主动追求真善美的产物，而是血淋淋快刀下曲意迎合清帝趣味的产物。

当时代变换，快刀不复存在，官窑香魂即刻拗断。官窑瓷器神话，也就宣告剧终了。

樱 花

（牛博士对马妞说）

今春，媒体上触目都是樱花，好像不跟着唠唠樱花就显得落伍了。而一说樱花，要么就是多少多少年前引进的，要么就是日本友人赠送的，言辞凿凿。

是这样吗？我国、日本和朝鲜自古以来都产樱花呀，只是日本樱花品种多，多达 800 余种，且定为了国花。

樱花，在我国有山樱桃花和三日红云的别名。文人是喜欢称以别名的。白居易诗"亦知官舍非吾宅，且劚山樱满院栽"，其中的山樱即樱花。你可以想象一下，白居易官舍前樱花盛开时红云三日的景况，美不美？辛弃疾目睹"灵山齐庵菖蒲港，皆长松茂林，独野樱花一株，山上盛开，照映可爱。不数日，风雨摧败殆尽"，于是借他拿手的词来抒写他的情怀。

而日本作家井上靖一生最爱的，却不是樱花，而是梅花。他曾从红梅、白梅入手写他等待春天的心境，跟着写水仙的黄花、山茶的红红，接着写到"杏树的花期较短，刚刚看到开了花，一夜春风就会吹得落英缤纷"，"李花虽不像杏花那样来去匆匆，但也是短命的。比较起来，依然是桃花生命力强，一直开到樱花换班的时节"。

井上靖详写诸花，被认为日本名片的樱花反而被他轻轻一笔，带过了。

被赞美的臭脾气

（牛博士对马妞说）

你不是要我举例吗？好，适例送上门来了。

红学家吃红饭，饭后也要散步的。毕竟是红学家，一散散出了涉红故事。他看到有个小破饭馆，匾额上竟敢题写"潇湘馆"——那是《红楼梦》中美人林黛玉的香闺呀。红学家不禁大怒，冲进饭馆，勒令老板摘匾，否则就要砸牌……

"大怒""冲进""勒令""砸"—— 都是我忠实转述的原文用词，不敢偷天换日。写者的确是"红学家"，不是"红卫兵"！

有趣不？"小破饭馆"—— 小本经营且日子过得紧巴巴的饭馆 —— 就不允许取个好听点的、雅一点的名字了吗？拉板车的苦力穿了件中山装就该勃然大怒冲上去勒令剥掉，否则就采取"革命行动"扒下来？

这算不算红学家对本专业热爱过头、法律意识淡薄、行为失当，结果为广大饭局贡献了发噱的段子呢？

殊不料竟然会有"明眼人"从中看出文人的"美德"和"文化尊严"来！妙文呀，妙文偶得呀，呼吁得正气凛然、鬼神惊泣："我们希望文人身上多一点文化的尊严、精神的尊严、道德的尊严。"

嘻，挨得上吗？是呼吁文人用臭脾气来扑灭"小破饭馆"经营者们做人的尊严吧？假如这种"尊严"多起来，这种"尊严"还能受到赞美，你说，那"尊严"还算个什么东东！

听曲

（●牛博士▲马妞）

●这样说吧，听这盘曲子能消融烦躁，使心湖渐趋平静。妙的是，旋律简简单单，配器简简单单，演奏简简单单。且听，仿佛平静的湖面上悄然飘落一朵若有若无的白云，或是飘落一片薄荷嫩叶，一丝丝清凉徐徐渗进清冽的绿水，扩散，荡漾，幻境般的影像与倒影交互相叠，打碎重组，流转旋动……小鸟贴着湖面婉转一声潇洒飞去，于是，湖水更见清澈，更显宁静，更如梦境。

▲你就吹吧，哪有你说得这么神奇？我还是喜欢这盘！

●不好意思，还打比方的话，这是一根搅屎棍呢，搅得六江水混，混到沉淀于河床不知多少年的腐殖质也兴奋起来。五脏六腑翻江倒海呀，动脉静脉毛细血管一齐失控偾张……人心经得住这样搅吗？论效果，与之相匹配的也就是摇头丸了。不吞一把摇头丸，只怕难以尽兴。

▲哼，你不喜欢流行，就丑化到不堪！

●不，你听这盘，是属于流行吧，却又多好：《哭泣》的气势磅礴，《史卡波罗市集》的情深意挚，《为你疯狂》的激越忘情，《何时再见》的甜美迷离……以经典之耳听流行，流行中自有经典。

小？ 大？

（▲马妞●牛博士）

▲嗨，你说，有些看起来蛮精彩的句子，为什么我读着会从心底里感觉不爽？

●有吗？举例说明。

▲"小人物是微不足道的，但小人物也会有伟大的优点。"绝对有箴言的气派吧？却让我大大不爽呢。可又说不上为啥不爽。

●是。同感。我听着也大不爽。这不爽之根源何在？就在"小人物是微不足道的"这九个字上吧。

这句话本来应该是作者想赞美平凡人物的吧，却无意中透露出了深藏于骨子里的傲慢与偏见。世界上有什么人生来是活该被小觑、被蔑视、被轻贱的吗？人世间又有什么人生来理当坐大、理当骑在别人头上颐指气使、拉屎撒尿的呢？

不幸，我们已习惯了小人物、大人物的分法、叫法。仔细想想，人就是人，凭什么以小、大来划分本来平等的人呢？是以权力、财富的小、大来划分的吗？你翻翻泛黄的史册，多少大权在握、富甲天下的所谓大人物，不恰恰是十足的卑鄙小人吗？而多少无权无势、两袖清风的所谓小人物，不恰恰是顶天立地的伟岸大丈夫吗？这样一剖析，是非立马清楚了：

给卑贱小人作"有缺点的大人物"的判断，给伟丈夫作"有优点的小人物"的判断，实属荒唐。鬼才爽！

石灯笼

（▲马妞●牛博士）

▲装傻？怎么像只闷葫芦一样，一声不吭了？设计师的构想正合我的意愿。日式田园风格很对我的胃口，我喜欢。尤其点缀院子的那只日式石灯笼，很好嘛。在日本旅游时，石灯笼让我一见倾心。

●好？是好。但分明是典型的中式建筑构件，在你眼里却变成"典型日式"了。

▲别，我最听不得这种话！你以为我傻我不知道？山西太原龙子寺摩崖佛前，原有一座世界上最古老的石灯笼。日本石灯笼可说是它的子孙。可为什么人家的园林呵茶庭呵佛堂呵……处处可见各具特色的石灯笼的身影？而我们的建筑师、业主还记得它们吗？秦淮河风光带也曾新造了一批石灯笼，结果呢，很快被盗卖电线者毁坏得几乎全军覆没！

我心酸我心痛！

●唉，说的也是。石灯笼最初本是我们的路灯，后来才演变成为佛像前的供具。日本飞鸟时代石灯笼东渡，平安时代进入净土式园林，室町时代引入茶庭，江户时代成为日本园林的代表性添景物。渐渐日本化的石灯笼营造着绝尘无垢的静穆气氛。

我看见你在京都持院清涟亭石灯笼前双手合十的照片了，你肃然起敬。那你，能不能在庭院里自己设计一个有你个性的地道中国石灯笼？

名字案例

（▲马妞●牛博士）

▲对"中国姓名权第一案——赵C案"，你怎么看？

●首先，我对取"赵C"这个名字的创意是赞叹有加的。我常说我们最大的毛病是：嘴巴上哇啦哇啦地叫"创新思维"啦"创造"啦"创意"啦，做起事来，却丝毫无"创"，僵得可怕。为什么奇奇怪怪的名字可以满天飞，一看到"赵C"却立马目光呆滞？正式以字符C入名，从创意角度看，可打99分。

▲评价这么高哇？那你的儿子敢不敢叫牛B？

●你的"头脑活络度"见长呀！但，有创意就等于好吗？以字符入名，常常出现在需要隐匿真名的新闻报道中，大略相当于"某"。你会乐意改名叫马某吗？掉价嘛。

▲说到掉价，你那同学刚从位子上退下来，立刻大掉价，嘻嘻，失落得脸都变形了。这世道也太势利。

●不也有人退下来身价反而攀升了？归根结底命运是攥在自己手里的嘛，就看你主动权怎样用，到旁门左道里觅创意，只能收获个怪物。

章 法

（牛博士对马妞说）

这单世博任务七兜八兜落到了你手里，很光荣，更艰巨。你想过它以前一再受挫的根源吗？缺经费？错！

你看过《三国演义》，一定记得"孔明巧布八阵图"吧。孔明兵马短缺，即经费不足，他毛毛糙糙仓促上阵了吗？没。他深知布阵的要紧。不仅要布阵，而且阵的巧拙，直接决定胜负。他独出心裁，拿石头来布阵。被他调遣到位的石头，足可比十万精兵。咳，要不是孔明岳父有不忍之心，陆逊必定葬身石阵、片甲无回啦。

你肯定在电视里见过：呐喊声声，鼓声滚滚，绣旗开处，一将挺刀出马。

大将凭什么神威凛凛？因为有绣旗门后深不可测的阵势壮胆呵。

这阵，就是章法。你想到章法了吗？

你接了单，也不静心运筹，咋咋呼呼，弄了一帮乌合之众，我看有几个家伙哪里是想为世博作贡献，而是把世博当唐僧肉，伺机狠狠咬一口罢了。

你东一榔头西一棒乱纷纷出招，有些招看起来似乎也解决了一些小问题，其实难说。即使是，也只是事倍功半。而有些招，简直是在给自己设绊马索、掘陷阱、制造潜在的麻烦呢。

俗话说：磨刀不误砍柴工。补章法，赶紧！

从丑如流

（▲马妞●牛博士）

▲向日葵之所以向日，是因为它有向光性。那么，生物界有没有"向暗性"呢?

●我不知道。想来应该有吧。

▲那么，世界上有从善如流的人，也就应该有从恶如流的人了。

●嗯，我猜出你想说什么了。前几天我还在思索，为什么居然有人会遇美即拒，与丑相吸，嫉美如仇，从丑如流呢? 崇丑居然还在某些人中蔚然成了风!

▲按理说，健康社会应当人人从真如流、从善如流、从美如流的。

●你的标杆定得太高，理想化了。不可能人人如此的，能过半就 OK 了。但你的口号设计得好: 从真如流、从善如流、从美如流。人，本是善恶统一存在体，长了从善如流之心，善足以蚕食了恶。同样，从真、从美之心，会逼迫假、恶萎缩。不容乐观的是，纵览世界，从假如流、从恶如流、从丑如流的肥皂剧正热演热播，方兴未艾。仗，有得打呢!

环境要紧

（牛博士对马妞说）

你太小看环境的力量啦，天底下还能有跳出环境之力而遗世独立的超物吗？你不妨从报纸上随意挑个词，测试它是否与环境无关。你挑"诚实"吗？好，就是它了：诚实。

美国有位时尚达人在 T 台上坦言，他大学时代成绩颇为不妙，最终花了五十美金才拿到毕业文凭。很诚实吧。如果环境中人因他的诚实而鄙视他，进而搞臭他逼垮他、敲他的饭碗，他还敢诚实吗？幸而，环境中人只在意于他今日美妙的设计，对他学生时代的顽劣一笑了之。同样，妆着合法扮相的伪文凭不诚实之花，在一些地方开得姹紫嫣红、"春风吹又生"，不也是因为环境使然吗？

英国女作家伍尔芙为莎士比亚虚拟了一个妹妹。这个妹妹虽然具备不低于兄长的天赋，却因为英国当时的社会环境严重地束缚了身为女人的她，使她没有丝毫机会去绽放天才之花，更遑论结硕果了。

创造基因是需要一种有利于创造力成长的社会环境来养育的，这种社会环境视创造力为空气和水、面包和盐，而不是包装纸和化妆品，更不是创可贴和遮羞布。

棉花苗的面孔

（牛博士对马妞说）

在你眼中，所有植物苗一模一样，而我以前，却曾牢记了十几张棉花苗各具个性的面孔。

做中学生时，下乡劳动，给棉花间苗。所谓间苗，就是按直线播下的棉花籽发芽成了苗，生产队长给你一个设定的长度，譬如说 15 厘米吧，那么，在 1、15、30、45 厘米……位置上的苗保留，其间的统统去掉。

我忍不住举手发问："假如在设定位置上的苗长得不如中间的苗壮，怎么办？"同学们都发笑，老师也嫌我多嘴，让我听队长的。

开工不久，我即发现有些位置上的苗病恹恹的，有些中间的苗却极壮。我不忍，便自作主张将壮的置换弱的。这种情况其实很多。如此一来，进度还快得了吗？因为落后于众人，我挨了批评，更因拉了班级后腿而被迫放弃。

过后很久很久，我还耿耿于怀，眼前老会浮起被间掉的健壮棉苗鲜活的模样。我为劣胜优汰而惋惜而自责。

一直到我懂得，人，其实也常常会面临棉花苗同样的命运。从此之后，我脑子里棉花苗的面孔，才被一张张使我惋惜、痛惜的人的面孔置换了。

严重问题

（▲马妞●牛博士）

▲ 唉，我被雷倒了！这些个雷人官员就不会学点乖吗？在民众的狂嘲声中竟还会奋不顾身、前仆后继、雷语辈出，真让人服啦！

●学乖？他们认为说得很对嘛，你们才可笑呢！这些人，就这点认识水平，就这点思想水平，就这点做人水平，就这点……

▲行行行，你的表达能力也不见得高明嘛，就两个字：素质！所以，前人梁启超说：开民智，首先要开官智。所以，如今的智者要借名言改个词："严重的问题是教育官员。"太对了，难怪喝彩声盖过钱江潮呵！

●乍一听，我也脱口喝了彩。再一想，嘿，喝错了。为什么？你想想，好官员总是好官员，而愚蠢官员当然要提拔更愚蠢的作陪衬嘛，虎狼官员当然要提拔爪牙为虎作伥嘛。难道你还指望教育一下，武大郎便会提拔卢俊义？老虎便会提拔打虎英雄？

▲嘻，大虫提拔武松，岂不是自己的天灵盖发痒吗？那你的意思，是不是单靠教育不能解决问题，必须尽快建立确保坏人、蠢人当不了官的机制？

美心为上

（▲马妞●牛博士）

▲哇，这就是东方美人茶？我要喝，我要喝！

●不简单，你还知道东方美人茶？

▲就许你知道，不许我知道？台湾珍稀名茶嘛，喝了美容美身材。

●尽上广告的当！东方美人茶产于台湾新竹，原名膨风茶。茶叶白、绿、黄、红、褐五色相间，飘摇在玻璃杯琥珀色茶汤中，很是美艳养眼，且茶汤具有特殊的果香蜜味。英国女王伊丽莎白二世品尝后大为赞赏，送了它一个好听的名字：东方美人。

▲咳，那还是没错呀，凡好茶，终究是美容的嘛。

●别老是美容美容的，很多人，包括米歇尔·奥巴马都说过类似的话：长相漂亮虽好，却不长久。要紧的是内心和灵魂。别光图表面。

▲并不等于说脸面就不重要啦。你看韩星有几个不是整容整出来的靓女帅哥？此地的富婆、官太太，连阔佬、官员都悄悄地争着进出美容院呢。爱美之心人皆有之嘛。

●且不论这类"爱美人士"有无蹊跷，我只是想，为什么"美容"说升温就升温，说成风就成风，而"美心"呢，却只会在嘴上遛来卷去，停留在"舌尖风暴"上，始终成不了气候呢？假如美心能像美容一样蔚然成风，那才叫谢天谢地呢。

根深蒂固

（牛博士对马妞说）

落伍根源？不忙下结论，先请听故事：

我朋友 S 去某地开会。当地的头儿正筹备政绩展览，"你是专家，请提宝贵意见。"

S 坦率，不仅指出问题，还拟题目、给前言提炼核心精神、替内容归类调度，具体到展板设计的色彩冷暖、字体选择、图片拍摄……那头儿先是听出一头冷汗，继而笑逐颜开。一边的秘书笔录得手忙脚乱。

文案、展板推倒重来，时间紧、任务重，但"不差钱"。结局是：视察首长大为满意，当即作口头指示三点，现场布置推广。

前脚首长回府，后脚庆功嘉奖。裱画的、钉展板的、食堂做宵夜的……连日常打扫卫生的清洁工均喜获红包。秘书问："S 老师送红包还是礼品？"头儿说："不必了。他无非动动嘴皮子，也没出什么力。"

"无非动动嘴皮子，也没出什么力"，智力是不算力的，体力才是力。知识、创意只算"动动嘴皮子"，一分不值。该头儿的意识根深蒂固，有着很强的普遍性、典型性、深刻性。

你看，这算不算群体落伍的一株老根？

壁　画

（▲马妞●牛博士）

　　▲你夹着尾巴灰溜溜地回来啦？你一声不吭了，你心里翻滚着被人耍的恼火和无奈……取笑你？当然啦，为什么不呢？我要尽兴地嘲你、笑你、唱你。我不是曾经劝你不要去吗？报纸上介绍这几幅壁画的照片你不是也看到了？我不是当时就说过"新发现？可疑"吗？我不是预见到你看了必会说"乏善可陈"四个字吗？两个里弄门洞里一模一样的、几十年前泥水匠用磨石子模仿的外国插图，有什么艺术价值、历史价值可言？可如今，它们身价百倍了，是保护对象了。

　　●说到壁画，我记得小时候，在画家戴敦邦的家里，看到过他亲手绘在墙上的大幅壁画。当时感觉像触电一样，震惊呵。可是，几年前，随随便便，乒呵乒呵，墙被敲了，壁画毁了，房子也被拆了！这才是应当保护的呀。

　　▲曾经，我看到过一部老电影《壁画里的故事》。你肯定看过吧？那些壁画才叫有趣，简直是奇异的历史童话嘛！那些个荒诞年代，真会有那么多艺术家，诚心诚意地画了那么多童心大发、异想天开的壁画？难以想象。比高楼还大的南瓜，比灰姑娘的南瓜马车厉害得太多啦……

　　●铲了，铲得一干二净了。其中不乏艺术性典型性还蛮强的壁画，真该保护下来，用生动的形象保留一段叫人感慨万分的历史。该保护的不保护，不值得保护的却保护了下来，也许，这就是真实历史吧。

萤火虫

（马妞对牛博士说）

我兴奋地聊到萤火虫，威廉·张立刻不屑地撇着嘴："啥稀奇！小时候，我家乡多了去啦！"

我一时无语。

我没有乡村的童年经历，只是在动画片里才见过满山遍野的萤火虫。

"小时候？小时候啥稀奇！现在还有吗！"我模拟他的家乡口音，大叫。

我能不兴奋？日月潭边淳朴的旅店老板竟会提供免费节目：上山看萤火虫。还周到地每人发一枚小手电。

晚七点，四五辆小车进山，蜿蜒爬行。熄火。下车。经过几秒钟适应，抬眼望去，哇——！夜空蓝到发黑，重峦叠嶂黯影黢黢。以此为背景，萤火虫提着的小灯笼在我前后左右和头上，满世界悄无声息地飞舞，奏萤火虫圆舞曲，跳华尔兹舞！飞舞的萤火虫激活了我储存在记忆中的所有关于萤火虫的童话、民间故事、诗歌和画面，凄美、温婉，欣喜与怅惘对撞……

每一次旅游，我都怀着相遇萤火虫的期盼，做着观赏萤火虫的美梦，又因一次次的失望而深埋了渴望。怎么也想不到，梦想成真，竟会在宝岛台湾，会在美丽的日月潭边！

先读后旅

（牛博士对马妞说）

别傻啦，你真相信"读万卷书不如行万里路"？真想"与书呆子拜拜，争做背包客"？连旅行社的噱头都看不出来？瞧红一阵绿一阵、骨碌碌乱转的眼珠子，他们巴不得你听了立马下单、冲头冲脑背包出门呢。只要你的脚丫子开始动一动，他们的腰包便跟着鼓一鼓。

哪儿的话！你明知道我也挺喜欢旅游的，到景色迷人、音乐醉人、掌故风俗多的地方转悠、放松，开眼界，长见识，能不舒畅吗？我只是讨厌有些无良商家不托下巴，误导人，忽悠人。

虽说旅游不能简单地讲是做空间移动，但仅仅做空间移动的游客大有人在。有心人与无心人的旅游，大不相同。会读书的人旅游呢，那是借助书的翅膀穿古越今、周游八方啦。旅游，只需要掏把钱出来就成。而读书呢，你把钱玩得叮当响管用吗？假如遗忘智商，缺乏积累，不做准备，不清心静意，书的门户你都摸不着。碰巧触摸着了，也敲不开，闯不进，只落得踢痛脚趾头。有些封皮印得花里呼哨的攻略啦导览啦，你还真把它当书啊？买了几本这种东搬西抄、谬误百出的玩艺儿，你还真以为人间春色尽收眼底了？还现买现卖偷着乐呢。嘿嘿，错把驴粪蛋当作阿尔卑斯山啦。

脚，是需要书之线来提拉的。有道是："清浊戏分春瓮酒，朱黄闲勘夜窗书。"这里边的从容和潇洒，仅靠两只脚的勤快是体验不到的。先潜心读几本书吧，然后再去旅游。

效果究竟如何？我不说，你且试试。

陶母封鲊

（●牛博士▲马妞）

●问我有没有广告文案范例？有，太多啦，我信手即可拈来。不信？喏：范例一："让廉政在全省高速公路上延伸"。范例二："一个'廉'字值千金"。怎么样？够不够范？

▲听着耳熟，好像……好像是两个落马厅长的豪言壮语吧……好呀，你居然拿贪官的话来骗我充数！

●嗨，多好的广告文案呀，范例呀，名实分裂技巧的范例。他们的前任还有写血书明志的哩，那是属于行为艺术的范畴了。所以，我常说，奸商好用漂亮的广告语迷惑人，忽悠人。我们呢，务必睁大了眼睛，验明货色真伪。

岳母的"精忠报国"并不广而告之，低调而牛，牛得人心里暖。暖在言行如一嘛。古代没有"行为艺术"，"陶母封鲊"的行为却令人敬佩。陶侃幼时家贫，陶母把他拉扯成人。陶侃谋了个管理鱼梁的小官差，想到母亲喜欢吃鱼却难得有鱼吃，就装了罐腌鱼去孝敬母亲。陶母打开陶罐一看，是鱼，立即封上，让来人带回，并且修书一封，责备儿子：你利用职务之便，拿公家的腌鱼送我，是想博我开心。但我能开心吗？不应该这样做呀，你这是让我担忧，是添我烦，添我堵呢。

瞧瞧，要说廉政教育，我们先来看看陶母吧。

▲我记得，陶侃是陶渊明的曾祖父吧？你不觉得离我们太遥远了吗？

盯着他的瘦脸

（马妞对牛博士说）

现在，想象你面前高悬一挂大屏幕，哒哒哒……跳出一串黑塞饱含深情的水彩画：《二月契诺堤》《山村小径》《栗林石窟酒馆》《黑塞住的屋舍》《玫瑰露台》《写字台上瓶花》……

黑塞的富粉丝看到他的画，想把他画过的屋子赠送给他。多美的事！黑塞却断然拒绝。是黑塞拥有的房产太多了吗？不，他连一平方厘米的房产都没有。

黑塞很清醒，靠写诗养家糊口都难，所以他画画。但"我并不认为自己是画家或想成为画家"。他勤快地画画、卖画——不是奢望买房子，而是为了养家糊口，还为了"支付寄到饥寒交迫者国家的包裹"。他囊中羞涩，却是一个志愿资助人。受他资助和鼓励的人中，有大名鼎鼎的布莱希特和本雅明。

诺贝尔奖，这颗葡萄，引得多少神抖抖的作家大人们"馋涎三千丈"呀，或者，吃不着葡萄说葡萄酸。诺贝尔奖却自己幸福地降落到了黑塞头上——这笔不菲的奖金足可以即刻解决黑塞常常入不敷出的窘境呀——而这个书呆子海塞，却彬彬有礼地、坚决地予以拒绝了。为什么？为了他的信念。

黑塞呀黑塞，小时候被母亲称为"很奇特的小怪物"的怪人！叫现实的现代人怎样去理解他的怪念头呢？真正怪到了极点呢！

更奇怪的是，当我盯着他那张瘦脸，我忽然萌生出了惭愧。惭愧，你有吗？

境　界

（　▲马妞●牛博士）

▲孙家栋？当然知道。你当我白痴？中国卫星之父、航天十八勇士之一嘛。1970年，是他亲手把我国第一颗人造卫星"东方红一号"送上了太空。我说得没错吧？

●不错，一点不错。但接下来呢？

▲接下来？你在说评书？还有且听下回分解？接下来当然是他高举五星红旗哭啦。

●你以为他是奥运会冠军？接下来呵，送卫星上天的十七位功臣一同登上了天安门城楼，在毛主席、周总理身边欢度"五一"国际劳动节呢。唯独他，孙家栋，却说他的"成分"有问题，不能上天安门。

▲还会有这种事？不能吧？难道我说对了？他真哭了？

●什么哭了！虽说他有点落寞，但他的心还沉浸在卫星上天的喜悦里呐。耳听天安门广场上兴高采烈的欢呼热浪一阵接一阵，他独自一人，马路信步，不徐不疾，一行行到了前门大栅栏。他步进商场，挑了件喜气的红毛衣，买回家，做礼物，送妻子……

▲境界！瞧瞧，你得学着点，这才叫大境界！

●有位外国市长赠送他一件见面礼，瓷雕，现代图腾柱：驴背上蹲着条狗，狗背上趴着只猫，猫背上踩着雄鸡，昂首高歌。他一见，笑了："好，这礼物好。我不做雄鸡，就做这只驴！"

对付忽悠策略

（牛博士对马妞说）

不同情！对你们这些被忽悠者，我一点儿也不同情。

当初，我听见你们的兴奋议论，我不是问过："这里会不会有猫腻呵？"你不是斥责我"别插嘴！不关你的事！"吗？如今哭丧着脸讨救兵，晚啦。

被忽悠了，破了财，浪费了这么多时间和精力，还被人看笑话，当然郁闷。但你回头想想，也算买个教训吧，买到一个被忽悠的典型案例。

说典型，是因为它具备了所有被忽悠者的两个基本特征：①缺乏常识和实战经验；②被漂亮的利益幌子晃晕了。

假如再有忽悠者巧舌如簧地为你描绘出一幅金灿灿的漂亮楼阁。你呢，记住，千万别晕，与有经验的朋友一起冷静地分辨楼阁的真假。如果是真的，但浮在空中，则认清这楼阁有没有上得去的楼梯，再认准楼梯是真实的还是马良神笔画出来的。若楼梯也靠谱，你才可以行动。

补充一句，楼阁不是悬在空中的也未必无诈，如果是安装在沙滩上的建筑模型呢？

喏，给你，餐巾纸。破涕笑一个！

小题大做

（▲马妞●牛博士）

●读了《越看越糊涂的"说明书"》，我不禁长叹一声。

▲写得挺好的，"说明书"就应该让消费者看懂嘛！你怪他小题大做？

●不，他倒是小题小做。"说明书"也常让我摸不着头脑，但我没像他一样写出来。因为我明白：厂商是决不会存心让消费者看不懂的，只是他做不到。为什么？因为多年来口头重视、行动轻视语文教育已是不争的事实，所以志大才疏、连张便条都写不通的受害者大有人在。他们想写好一份言简意赅的说明书谈何容易！搞文案的已经不通，厂商头儿更无审校把关之力。有些无厘头语言，说不定写的人还暗自得意呢。至于进口产品说明书，商家通常会找刚毕业或在读的廉价译手来翻。我就认识一位家电、医药、家具等等"万金油"译手，生意兴隆呵。他的中文英文水平都属及格都难之列，更不要说专业用语了。种种让消费者糊涂的说明书，由此而来。寸把长的竹笋，盘根错节呐。

你看，小题靠小做解决得了？有时候小题非大做不可！

夜店·房间

（▲马妞●牛博士）

▲看了新中国漫画回眸展，假如让你只选一幅你最喜欢的画，你选哪幅？

●还用问？你看见我在哪幅画前逗留很久？是嘛，《武大郎开店》呀。

▲嘿嘿，英雄所见略同。我以为《武大郎开店》是可以与《阿Q正传》相提并论的。如果说《阿Q正传》是切中国民劣根性的文学经典，那么《武大郎开店》则是切中国民劣根性的绘画经典了。亏这个方成老伯伯想得出来，构思促狭，画笔传神。猥琐的、妒贤忌才的武大郎，看看也触气，想想就想骂！

●那你小心眼了。武大夜店林立，那是因为武大们也需要卡拉OK自娱自乐呀。但他们害怕、指控姚明们要闯进去抢他们的盘中死鼠，太可笑了。姚明们怎么会要你的死鼠？他们有自己的球场，而球场之外更是百鸟竞唱、万兽奔腾、花好月圆、海阔天空，广阔天地任人竞走，任人闯荡呐。当然，可怜的、脑萎缩的武大们，是无法想象的。

奥尔特·白哲特说："我们总是聚在一起吃饭，但每个人都有自己的房间。"

兔子开门

（马妞对牛博士说）

我喜欢吃鱼，特别会吃鱼。真的，哪怕你霸王鱼魔鬼鱼，一旦进入我的视野，我即刻叫它灭了。所以，嘻，我属兔，我妈老说我属猫。

你还别说，中国土特产十二生肖传到越南，谁都不变，唯独兔变成了猫。可见兔猫有缘。兔即猫，猫即兔。

感觉好！你不知道的事多着呢。"芝麻开门"的故事原先是俺们的"兔特产""兔子开门"呐：

古时候陕西醴泉，唐太宗昭陵所在地，有个樵夫进山砍柴。忽然草丛中窜出一只白兔。红眼白兔放在今日是寻常物，古时候却珍罕，贵为吉祥物——古时候多的是灰兔呀。樵夫一见大为振奋，撒开腿紧追不舍，不知不觉跟进了一个洞穴。隧道两边点着数十盏油灯，其中一盏闪闪烁烁，眼看快要熄灭。樵夫拨亮了它，照见灯下银兔在卧，银兔身上刻着"拨灯火赐银兔一"。再一看，哇，满洞穴的金银财宝啊。樵夫守规矩，心平，只拿了银兔，取道返回了。出得洞来，洞门在他身后砰然合拢，只剩下一条窄窄的、猫都钻不过的缝隙。樵夫的几个邻居听说了他的奇遇，瞅着银兔馋红了眼，笑他傻透了，有捞不捞猪头三啊。邻居们贪欲心急速大膨胀，立即接踵进山捞宝去了。当然，他们连洞穴都进不了，一无所获——没兔子带路啊。他们财迷心窍，竟至于疯狂，盗掘起陵寝来了。结果，当然是被捉拿归了案。

瞧，没兔子带路，能得着宝吗？

沉香人

（▲马妞●牛博士）

▲闻闻，沉香油，难得一闻吧。沉香，好东西，如今玩沉香的人很疯。沉香既可直接作摆设，也可雕成文房雅玩，当然它还是香道的材料。你有没有可分享的沉香故事？

●想听？有呵。沉香包括沉香油的使用和收藏知识，你已掌握不少，讲个沉香人的故事吧。

有个沉香人带着儿子，吃辛吃苦潜入海底去采集沉香，数年，才采满一车。他把一车沉香拉到集市上去出售。

沉香稀少，采集不易，价格自然昂贵。在集市上摆了好多天。只有问的，不见买的，一块都卖不出去。沉香人身心俱乏，沮丧以至于烦恼了。偏偏旁边的卖炭翁生意兴隆，木炭卖得飞快。沉香人羡慕极了，心想："假如把沉香烧成木炭，不是也可以很快变钱了吗？"

他真的动手，把珍贵的沉香烧成了木炭。沉香木炭飞快变铜钱啦 —— 当然是贱卖，沉香卖了木炭价。

▲哈哈哈，瞎三话四。有这样的蠢货？谁信！

●你不信？我翻给你看，《百喻经》里印着呢。

▲再蠢也不至于蠢到如此地步吧？

●看看手机新闻，蠢货还少吗？一些人糟践好东西是出于愚昧，而另有一些人则是因为，他得到好东西，根本就不曾费力气，不曾下本钱。

收藏牺牲

（ ▲马妞●牛博士）

▲嘻，你的嘴也忒毒。人家好歹也是一呼千喏的成功人士，被你说得一张肥脸红一阵绿一阵、黑一阵白一阵。哈哈哈，你拿他当猴子耍。

●不是我要拿他当白痴，是他被人当驴耍了还自作聪明。几十年的积蓄和精力，换来几屋子垃圾，还逢人便自吹一番，自以为收藏了"国宝"。可笑不可笑，可叹不可叹？

▲他的收藏不大多是流传有序的吗？好些不是某某老临终整体转让给他的吗？

●两种可能：不是老人家被人骗了至死蒙在鼓里，就是老人家知道上当受骗，拉人垫背。他，中了头彩。

▲至于吗？某某老德高望重啊，难以想象！

●我们的对话你都听到了？他鹦鹉学舌，道听途说是一套一套的，把别人忽悠他的话转述得十分顺溜。其实，不要说专业知识，他连美学基本常识都不具备。他还声称要挑战权威，让人想起书没读过几本的红卫兵小将了。如果他接受过良好的美学基础教育，至少很多常识性的错误可以避免。有了美育，乱哄哄的收藏界也不至于如此让人啼笑皆非、摇头叹气。所以，平心而论，这位老兄，还有很多"收藏家"，还有一些文化、文物官员，除了少数骨子里霉烂的，都属于学校长期轻视美学教育的牺牲品。

拨　云

（▲马妞●牛博士）

　　●想糊弄我？我只听说过"骑牛觅牛"，哪有什么"骑猪觅猪"的？

　　▲你倒讲讲"骑牛觅牛"的由来……对呀，所以，说"骑牛觅牛"或"骑驴觅驴"或"骑猪觅猪"，甚至说"骑屎壳郎觅屎壳郎"都不妨呀。

　　●嘿，算你是对的。你奶奶前天还戴着老花镜找老花镜，折腾得火冒八丈也没找到呢。那是"戴镜觅镜"了。眼镜架在自己鼻梁上呢，桌上、凳上、窗台上怎么找得到呢？

　　▲取笑我奶奶？你觉得很开心吗？哼！

　　●不，我也曾"捏笔找笔"呀。我为什么请你老爸写这个条幅："若失本心，即当忏悔，忏悔之法，是为清凉"？是为了常常给自己提个醒，我们凡夫俗子迷路是常有的事、必然会有的事，特别是置身在飞快旋转的时代节奏中。所以常常需安静下来，找找自己的本心。拨开云层，本心是一轮皓月，朗朗地照着脚下的路呢，更照得人心一片清凉。浮云时卷时舒，时开时合，本心时隐时现，时明时暗。我想，拨云当是我毕生的功课。

常识哟常识

（牛博士对马妞说）

又拾人牙慧了不是？"常识"怎么会没有呢？"常识"当然是有的，只不过不同的人群有不同的常识罢了。

那句最著名雷语的作者很感到委屈，我也替他深感委屈呢。"你是代表党说话，还是代表老百姓说话？"嗨，有什么错呢？究竟错在哪里呢？他坚信自己是代表着党的利益的嘛，他是自觉地站在老百姓的对立面上的嘛。他完全不懂党和老百姓的鱼水关系。这就是他根深蒂固的常识！他对他的常识应该说很真诚。

孙二娘做肉包子自有她的"包子常识"；沙威有沙威的"捉拿常识"；夏洛克有夏洛克的"获利常识"；偷猎大象者也自有他们的"偷猎有理常识"；吹黑哨的嘴巴自有其"哨子常识"；教育庸官自有其"教育常识"；煤矿主子自有其"煤黑子常识"……这七七八八的常识呀，还不是让你能有机会常常振聋发聩地见识见识吗？

我的常识？我的常识特简单：想喝西瓜汁，就老老实实地去播种西瓜。假如有人捧出大苦瓜，却要我相信是哈密瓜籽种出来的，我便挥挥手，答以："哈哎，拜拜了您哪！"

温情小店

(马妞对牛博士说)

什么？傻笑？我是笑了，但傻吗？我可不觉得。

剥着费列罗包装纸，我忽然就想起了一家杂货店，想起了一位老爹。

"在那个店里总有位看店的老爹和恰恰。走到那个角落去看看吧，他总是温柔地接待客人哦。"

算你聪明！是小野丽莎唱的《杂货店的恰恰》呀。你听过？

"杂货店的老爹正跳着舞，在店里，就这样跳着，在豆荚、马铃薯与辣椒中间，合着新旋律恰恰跳着。"

告诉你，我常常梦想，梦想我家附近，不仅仅有千篇一律的超市，不仅仅有奢华时尚的血拼猫，还能有一家小小的杂货店，一家回旋着恰恰的、有和蔼老爹的杂货店，"在柜台那一边，无论何时都很开心"的杂货店。我真的很梦想。

别小气啦，让我再吃一粒歌帝梵嘛，榛果的。

"老爹，巧克力的钱我搁这哦。"

现　磨

(牛博士对马妞说)

现磨？是，你手里端的是杯现磨好咖啡。但，你以为现磨就好吗？

咖啡豆是巴迪昨天从产地埃塞俄比亚带回的，选了专业庄园的上等咖啡豆，烘烤工艺和技术绝对靠谱。巴迪喝咖啡是喝成了精的。他买了好几种豆子，拼配混合……综合了以上因素，再加上现磨，你才喝到了一杯好咖啡。如果我的火候掌握能再到位些，那么，用你的话来说，与宫廷享受也差不了多少了。

好多咖啡馆把现磨两字喊得山响，而豆子产地，存疑；等级，可疑；品质，置疑……不知道猴年马月何人采摘，更不知道何等角色烘烤，更更要命的是，这些裸豆在空气混浊的商场、等同于敞开的玻璃罐里，不知滞留了多少时日！这种豆子即使现磨，又能怎样？

来，给你续杯。味道如何？嘿，这杯恰恰不是现磨的！产地、采摘、拼配、烘烤，每一道制作程序都很用心。研磨后即刻将一杯的粉量密封进胶囊。是，是有信誉的品牌胶囊咖啡。

所以，一杯咖啡的好坏，单单以是否现磨来认定，是很可笑的。

天下事大体如此：年代久远的就是好古董、平仄讲究的就是好诗、有笔墨的就是好画……执其一端、不及其余的思维方式非常害人，却非常普及，畅行无阻。

好了，不说了。有人说"西方人重美，中国人重品"。难得的好咖啡，你慢慢品吧。

落 花

（▲马妞●牛博士）

▲你有病啊？好端端的满树繁花不拍，却盯着败花残叶横拍竖拍，想做牛黛玉葬花？

●请以舒缓节奏背完26个字母，收一收心，随后凝神来看：

喷泉池面，平静如镜，落英缤纷，花瓣聚散，云卷花，花戏云，多美！有怎样的心境，便会有怎样的外境，此所谓移情。哀愁人所见，必是哀愁了。浮躁人所见，唯有粗糙了。瞎说？才不呐。请看美心人是如何写落花的："桃飘火焰焰，梨堕雪漠漠""彩云飘玉砌，绛雪下仙家""西子去时遗笑，谢娥行处落金钿"……

而风趣人眼中，落花会幽默得调皮："临去尚清狂，和蜂敲纸窗""有一片，蛛网兜住。有一片，燕儿衔取。香魂似与东风语，为我重吹上树"……

那么，旷达人看落花呢？对，你背得一字不差："落红不是无情物，化作春泥更护花。"落花笑对未来，欢欢喜喜地化为了肥料。

想想那些只顾自己不顾后代的现代人吧，精确，你用了"无地自容"四字。无地自容是因为你有惭愧心、羞耻心。而沉溺于贪、嗔、痴的浑噩、愚昧、顽劣之徒，是不会惭愧的。

浮云箴言

（牛博士对马妞说）

我与你的高见很有些不同呢。简单地指责"神马都是浮云"为阿Q精神，太粗暴，太不讲理。说"神马都是浮云"的人，大多只是随口说说，自譬自解自我疏导罢了。若要顶起真来，那它不仅可以引向阿Q精神，也可引向彻悟。

释迦牟尼有一次登座开讲。他举目望去，济济一堂中，少了舍利弗和目捷连。他这两个得意门生竟先他而圆寂了。他不禁伤感起来。他讲了几句怀念的话，话锋陡然一转，反劝弟子们不必太伤感，因为万事万物本来如雾似电，变化流转乃是事物的本性。

接着他说出石破天惊的话来：所以，不要信佛（即不要信他），他说他不久也将灭寂。

弟子们大惊，不信佛，那信什么呢？

释迦牟尼说：信法，法在佛在。

听听，何等精彩！换用现代话来说，就是对任何事都不要迷信，任何人事都是浮云。相信真理吧，真理之树常青。

听明白了？有追求真理之心垫底，那么，"神马都是浮云"就是一句箴言。

与名人共餐

（▲马妞●牛博士）

▲赚钱有方呵，一同吃餐饭可以明码标价了！也真会有这种虚荣的傻子，掏出很不老少的钱，去跟谁谁谁吃顿饭。这比拿金币朝黄浦江打水漂还不知愚蠢多少倍呢。

●未必。

▲未必？大潮汛还没到嘛，你脑子先进水了？

●对有些人来说，的确是掼派头之举，对另一些人来说则未必了。譬如，真有其事啊，有人砸了一大笔钱与巴菲特吃饭，席间聊到，他信心满满的一笔投资，其性质恰恰与巴菲特曾经犯过的错误相同。他当机立断，采取措施，避免了不少于5000万美元的损失。你说，这算不算愚蠢？算不算虚荣？所以，一个有准备的问道者，与一个满腹经验的智者共进晚餐，必定是胜读十年书的。

▲这样讲，也有些道理。如果范思哲兄妹、老佛爷还活着，如果我有足够的钱，我一定要设法与他们共进一次晚餐。而你，如果能与李白、苏东坡共进晚餐，想必也一定会乐意的。

问书为何物

（牛博士对马妞说）

别拿火炉烤我！我还是有这点自知之明的。以前也有人动员我参加"十大藏书家"评选，被我哄了出去。上海滩藏书人多着呢，数量且不说，单是宋刻本、明版本，孤本、善本就叫我眼睛发滞。他们都谢绝"藏书家"荣衔，而我才有几本破书——仅供使用的，吱什么声？

欧洲有些书房是可以参观的。你这次去，一定得去转转，开开眼，醒醒脑，摸摸书皮也好。体会体会何为书，何为藏书，做一个爱书人有多幸福。好书房的气场令人心静，好书令人神迷，而书的种种妙不可言的延伸物，甚至一枚常被忽略的书挡，都可以洋溢着书人心意，叫人爱怜不尽。有个当代藏书家（严格地说，他首先是个书商），爱书爱到浃髓沦肌。他对他在康涅狄克州的书房有过一句话："我可以在这房间里待一辈子，不会厌倦。"

发达国家爱书人多。现代科技每前进一步，书的内在价值便会提高一寸。

此地有一种人，连书为何物都不甚了了，就肆意地贬书、嘲书，认为书的时代已经过去；另一种人则拿书当成了化妆品。唉，这两种看似截然相反的人，有一个共同点：可悲。

一脚踹去

（牛博士对马妞说）

你迷信了。普利策新闻摄影奖就没有盲点？金奖的不二人选却连入围、提名都疏漏！如此精彩的照片世间少有。随我来读图：

丈母娘表情悲愤至极，飞起一脚 —— 这是替天行道的正义一脚呵。女儿难产急需剖腹，女婿竟躲躲闪闪不肯签字 —— 为手术费昂贵？为胆小责任重？ —— 总之，结局是大人胎儿两命呜乎！人命大于天，还顾得上名分或人民币？人天共怒呀。瞅这女婿的嘴脸，端的是一副窝囊相、一身猥琐样。真是典型人物的典型瞬间，抓拍到容易吗？

令人牙痒痒的照片，却有好事者读出了可疑。面子夹里一番折腾之后，这张新闻照片有了新解读：

这个窝囊女婿为何像头犟牛，死活不肯签字？他委屈啊，他说，俺媳妇是来看咳嗽的。咳嗽凭啥要开膛剖肚？欺俺没文化？又说是剖腹产意外，俺真不懂，俺媳妇怀孕才几个月呀，剖腹产，搭得上吗？蹊跷呀，蹊跷呀，这字能签吗？一签岂不成了他们谋财，我害命！害了俺媳妇儿子两条命啊！丈母娘呀，你咋不信俺，却信他们的鬼话？

回头来瞧这个耷拉着脑袋蜷缩在角落里的女婿，还真看出是一副苦水无处倒、冤屈无处申的倒霉相呢。而那位丈母娘怒满胸膛、排山倒海的一脚，则活现出了愚昧、暴烈的迫击炮一门！

如此生动、深刻、多种解读、耐人寻味的典型新闻摄影，别说打着灯笼，就算亮起探照灯，哪儿找去？普利策评委们，自惭形秽去吧！

（唱）往里那个瞧来，往里那个看来！

好果子

（▲马妞●牛博士）

▲你不喜欢灵异小说倒也罢了，你说你对自己的前生来世没有好奇窥探之心？鬼才信！王威廉绝对是预测高手吧，他从《奇门遁甲》入手，直抵《周易》堂奥，徜徉于道释两家门庭，穿梭于过去现在未来，悠哉悠哉，胜似闲庭信步呵。

●当然，我也曾对回望过去、预测将来充满好奇，但现在不了。你听说过"欲知过去事，现在受者是；欲知未来事，现在做者是"吗？

▲没听说过。掉书袋，懒得听。

●那你总记得小学课本里印的"种瓜得瓜，种豆得豆"吧？道理就这么简单。看一个人今天的生存状况 —— 在吞苦果还是在吃甜瓜 —— 便知道他过去播的是苦籽还是甜籽了。看一个人今天的所作所为 —— 积德还是作孽 —— 便知道他将来是幸福还是痛苦了。天上不会掉甜果，也不会掉苦果。甜果苦果都是自己种出来的。从根本上说，命运攥在自己手里。你记得电视剧《济公》里济公要劣绅反复念叨的一句是什么话？对，"只做好事，不做坏事"。济公是为他指出一条正路，让他为自己有一个好的将来而播一粒好种子呀。

承重墙

（▲马妞●牛博士）

▲也不光我的闺中密友啦，艺人重利，是当今人们的共识。

可是，当有人采访时说起，一档收视率挺高的电视节目中，有个女孩说她的择偶标准，第一是有钱，第二是有钱，第三还是有钱，舒淇发言了，是，就是那个红星舒淇呀，她认为，简直不可思议！

奇怪，难道如今的青春女孩比久经江湖的艺人更重利？

●你刚才抱怨什么来着？你说你很恼火，你们楼里进驻一新邻居，大搞装修，敲得乒啊乒啊的，好几层楼的邻居都有震感——敲承重墙呢。你出面干涉、规劝，被夹头夹脑一顿臭骂哄了出来。你找到物业，物业居然大打太极拳，明显在袒护。你怀疑物业被买通。是呀，是很可恶。但，不光可恶，还可怜、可悲。大楼的承重墙坏了，丧失了抗震力，岂不是害了邻居，也害了自己？

你说得很对，承重墙被破坏了，外装潢弄得再金碧辉煌或优雅别致又有什么用？

一个人，一个民族，都是需要坚强的精神承重墙的。承重墙敲得支离破碎了，表面再好看又有什么用！

那个女孩的答话，正是精神承重墙坍塌了的典型症状。

不自残者胜

（牛博士对马妞说）

思考题。念一段话，你听着：

"这些年来我们一直致力于向前，向前，有钱，有钱，于是往往抛弃了历史和传统。其实，丢的多了，最后发现得到的终究是'虚妄'而已。"

请思考五分钟，然后回答：说这话的人属于哪个族群？

哈哈，错啦。这并非愤青的言论，也不是旧人老话。而是当今一本时尚杂志在报道西方时髦产品时的一番感悟！

被我们当垃圾丢弃的传统产品，西方时尚界却不丢不弃，发展了它，让它惊艳了。时尚之花，连着历史之根呐。

是，不肤浅的眼睛总能从眼花缭乱的浮世绘上读出纸背的深沉文脉。凡聪明的时尚人，其招展的花枝，必有庞大根系，紧扎大地——这一点，常人极易忽略，浮躁人则不肯顾及。

为什么时尚大军浩浩荡荡，存活者寡，而落荒而逃、片甲不存者众？只因为大部分人被纷繁花枝迷了双眼、扰了心智、乱了脚花，结果，丢了魂魄。

断根即自残。

不自残者胜。

好呀"围脖"

（牛博士对马妞说）

是，我不写微博，但我还是要衷心地为"围脖"唱一曲赞歌。

你想，定下了字数死规定，好比你必须在一张小圆桌上跳华尔兹舞 —— 比地板上跳华尔兹舞难度还高呢 —— 先得把你的意思写清楚吧，写清楚还不够，还想写得俏皮一点，还想写出一点文采，还想写出一点哲理，还想写出一点个性，还想写出一点创意……

你不得不把你习惯的、瀑布狂泻般的野笔头收一收，你开始注意谋篇布局，你开始注意遣词造句，你开始注意细节推敲和分寸把握……你终于体会到古散文的妙处。

你几百条"围脖"写下来了，选一条出来看看，嘿，你自己都有点惊讶了吧：多漂亮！都有点隽永的味道啦！

评论家郜元宝拿了郭敬明几节景物描写作分析，谬误百出，惨不忍睹啊！假若郭敬明能静心写写"围脖"，手中笔不再像消防龙头般一喷了之，那么，相信聪明如他，至少在这些基础建设上不至于出洋相了。

掮客的古董

（▲马妞●牛博士）

▲有意思，有意思，陈继儒这个比喻太有意思了。我越琢磨，越觉得有味道。你听听：

古人好像是摆在博古架上的玉石，通体洁白如羊脂的，瑕疵多瑕疵少的，都清清楚楚地陈列在那里，不作一点点掩饰。而今人呢，一个个好像是从掮客手里买来的古董，天晓得是真货还是假货。

●咱们来瞻仰瞻仰你刚才说的那个中山市女市长的玉照吧：在庄严肃穆的国徽下作政府工作报告的她，还真有点红光亮、高大全的腔调呢——虽然先天容貌是欠端正的。嘿嘿，还罩着"全国十大品牌市长"光环呢。东窗事发前，哪一只发达脑壳想象得到，这位人民公仆竟是一匹敛财敛到家族资产达 20 个亿的中山狼呢？

▲人们通常是把陈继儒划归到观念陈腐类里去的，可是，为什么偏偏有某些人老要自动跳出来，为他的"陈腐观念"作新鲜注脚呢？

●是，这才有趣嘛。我也来引一句陈继儒的话："有誉于前，不若无毁于后；有乐于身，不若无忧于心。"可惜啊，这些可怜人、可悲人没听到这句话，或者听到过却没听进去。

点钞机·神秘园

（牛博士对马妞说）

烛光幽幽，乐曲悠悠。我听《神秘园》。

《神秘园》登陆风靡的情景，仿佛近在眼前。现在忽然听到，却似隔世，却似怀旧了。难怪有人说，现代社会节奏快，快得像点钞机。

点钞机？真是促人思考，耐人咀嚼，令人啼笑皆非的妙喻。

说说那个快字。为了钞票而快，人便快成了这台机器，快得眼花，快得心跳，快得发烫，快到烧坏。热情愈是高涨，热昏境界到得愈快。

看你手上那张报纸，满版佳丽呀。且定了睛去瞧瞧。瞧瞧这几个美人儿的嘴，怎么笑得如此尴尬？

都听过"腹有诗书气自华"的诗句吧？可是要想弄明白，要想培养由内而外的气质，是急得来的吗？没这个耐心，图快，图速成，只有动刀动枪了，只有仰仗肉毒杆菌了。三下两下，整一个沉鱼落雁的美艳容貌出来。可是，针打出来的、手术整出来的"太阳般的笑容"，靠得住吗？来得快的，去得也快。终于，想笑，皮肉却怠工。喜剧酿成悲剧。

《神秘园》里悠扬的马尾弓，拉得心弦一起悠扬。《神秘园》里激越的鼓点，敲得脉搏一起激越。

嘿，且听《神秘园》。

猪仔吴冠中

（●牛博士▲马妞）

●吴冠中就是猪仔，就是大蒜农、绿豆农嘛。

▲有这么贬低人的吗？你这算什么话？

●大实话。你刚才不是说："猪肉价格涨得很高时，养猪人其实也没赚到多少钱，搂着钞票梦里笑歪嘴的，竟都是'空手道'吗？大蒜、绿豆价格飙升时，情况不也一样？类似的例子你可以1、2、3、4……数下去，直数到失眠的你呼呼入梦为止。吴冠中辛辛苦苦作画，眼见得画价屡创新高，而到他手里的有多少？白花花的银子涌进了泡沫制造者、资本玩家的腰包呵。画家刘旦宅也抱怨过："我涨身价，人家发财！"你说，吴冠中不是猪仔、蒜农、豆农的难兄难弟又是什么？

▲是，有混世魔王兴风作浪，有贪官和文痞摇旗呐喊，也难怪养猪人没心思养猪了，种田人没心思种田啦。生产者安居乐业，投机者走投无路，才是长治久安、繁荣兴旺的前提。

●但吴冠中毕竟不是小猪仔，他沉得下心，很有心思画画呐，笔头勤快得很呐。滚滚红尘之中永远有只为钞票而快活着的行尸走肉，天地之间也一定有不肯为金钱而苟活着的正气的人。所以会有人称吴冠中为"最后一位中西合璧的大师"，并非心血来潮，是有一定道理的，说他是"一个时代终结"的碑记，也不是张口就来的瞎说说。依我说，吴冠中是一个健康的细胞，幸而我们的肌体中有他，还有许许多多无名的健康细胞存活着。

摇椅上的弥勒佛

（牛博士对马妞说）

好玩？那就送给你，虽然我也很喜欢。弥勒佛坐上了摇椅，化静为动，作者很有点亦圣亦凡的奇思妙想呐。

看到过几句话，姑且借来派派用场：如云之飘逸，如水之清澈，如日之灿烂，如月之圆满。你看，贴切不贴切？这四句话正好概括了这尊德化白瓷弥勒佛雕塑的特点。

来，轻轻摁一下，摇了摇了，好不逍遥自在呵。

弥勒佛温润如玉，眉开眼笑。在平稳轻灵的摇动中，宽舒的衣裳和腰带似乎随着微风飘拂起来。好东西就是好东西，与你一样，我也一见钟情，满心欢喜。

只可惜，弥勒佛左手托的是一只元宝，是惹眼的败笔，构思的缺憾了。依我之见？我的意思当然是要把手中元宝改成茶壶啦，以茶洗心，以茶生善，禅茶一味，方始契合弥勒精神。

……对，对呀，你说得很对啊！是我短见、穷酸气了！我怎么忘了买家决定卖家呢？在现实面前，败笔何尝不是"妙笔"呢？因为弥勒佛手中生生冒出了一只大元宝，才确保了引来八方订单如飞雪。多少只掏腰包的、金戒指光灿灿的肥手，相中的正是这只大元宝呢。若依了我书生之见，元宝换成清茶一壶，哼，还想订单？恐怕要把仓库底压穿啦。

叫花腔

（牛博士对马妞说）

"犀利哥"事件远没有结束。

明星说与"犀利哥"撞衫不是故意的。那么，纯属偶然？被人们轻轻放过的撞衫事件，其实是不能放过的，其中大有"可看性"，可以看出明星的审美眼光：

你看，明星引以为得意的，却原来是"叫花腔"呐。"犀利哥"被逼无奈做了乞丐，而明星以"叫花腔"为时尚、为风光、为荣耀却是发自肺腑、真心实意的！

再看，"犀利哥"逃离噩梦，回归正常生活，渐渐接近了正常人，人们竟然反而失望了，感叹"犀利哥"不再犀利了，无趣了！

在审美扭曲的明星强势熏陶下，凡夫俗子被潜移默化，服饰以"叫花腔"为美了，发型以"叫花腔"为美了，连神情举止也以"叫花腔"（还加上精神障碍）为美了。可歌可泣呀，人们的审美眼光也逐渐趋于"明星化"了！

揭开"犀利哥"神话沉重的封皮，我欲看个明白，还真看明白了：

有识之士呐喊了上百年的美育缺失，依然缺失，人们对呐喊麻木以至于反感，于是丑之花才得以盛开如此。

注定之果

（●牛博士▲马妞）

●不，短视者的短视话，只能引起短视者的共鸣。

▲哟哟哟，是您老人家发明的箴言？就是说，像您老人家高瞻远瞩的箴言，也只能引起高瞻远瞩者的共鸣了？切，你就自鸣得意、孤臭自闻吧！你健忘了吧，你也曾经很欣赏"卑鄙是卑鄙者的通行证，高尚是高尚者的墓志铭"的！

●是，我曾经岂但欣赏，简直是激赏呢！从语言文字层面讲，这个句子确实算得上妙手偶得的佳句了。可分析其内涵，它却只能算短视者短视式的牢骚话了。来来来，我们提升镜头，拉开空间和时间的视野和景深，看吧，挂着卑鄙通行证的卑鄙者，固然能逍遥一时，不是终究被正义之手揪住领子捉拿归案了吗？而高尚先驱者，尽管只享受了迟到的墓地花环，前赴后继的高尚者不是无穷无尽地延续着高尚者的生命吗？高尚之树长青，高尚之花常盛，高尚精神不朽。

▲你就装吧！你就唱高调吧！你就虚伪吧！

●播撒卑鄙种子者注定收获卑鄙酸果，播撒高尚种子者必然收获高尚嘉果，这个道理，对于卑鄙者、短视者而言，的确很难理解，很难。正像夏虫绞尽脑汁也想象不出冰的模样一样。我希望，真诚地希望——你、能、懂。

知识虎

（▲马妞●牛博士）

▲该新桃换旧符了。牛年你门上贴的是"生耕致富"，今年虎年贴什么？不会是"虎虎生威"吧？

●"虎虎生威"也不错嘛，但一定要含虎字吗？"威德福海"如何？可供选择的、带虎字的吉语确也不多。

▲且不说吉语，媒体上翻来覆去的虎文章，好看的也不多呀。我倒是想起以前读到过的一则古代笑话。虎崽对虎妈说："我逮了个人当早餐，吃完了还不知道是个什么身份的倒霉蛋。"虎妈说："你讲讲味道如何。"虎崽说："半个身子很臭，半个身子很酸。"虎妈大笑说："又臭又酸，还用说吗？必定是个秀才了。"好笑不？

●不好笑。我国传统文化中，既有尊重知识尊重到"敬惜字纸"的一面，也有蔑视知识分子蔑视到像这则笑话的一面。历史就在这两股势力此长彼消、此消彼长的进进退退中前行。这些天，走在路上我是常常左顾右盼的：满大街金光灿灿的老虎呀。我期盼了失望，失望了再期盼……期盼什么？期盼惊喜呀——我期盼在扎堆的元宝虎、金钱虎中，忽然看见一头知识虎。

莫贪生

（牛博士对马妞说）

说什么呢，被忽悠的人，还不是因为自己喜欢被忽悠？

你想，你，可曾为绿豆狂了？可曾为大蒜疯了？……你摇头，这不结了？

把吃出来的病吃回去吧，多新鲜！多动听。还有什么什么治百病，撞见大头鬼吧。

这边，腾地冒出一拨养生专家，那边，又忽地冒出一拨大师制造专家。拨浪鼓啵琅琅地摇，迅速聚起粉丝一大片，黑压压。谁的牛皮吹得愈膨大愈邪乎，谁的粉丝也就愈多。为什么？因为想长命百岁想痴了想傻了的人太多。

也不能说没有说人话的人了，人话当然有啦。可正儿八经的人话是没人听的，奇出怪样、荒诞不经的鬼话呢，遍地信众！你说怪不怪。

国医大师裘沛然的话，真是醒世银针，一针中的：养生精要恰恰是"莫贪生"！

猪活百岁，不还是混球一只？千年老蚊，不依然是吸血虫？祸国殃民的坏种，活一秒钟都嫌太长了，而造福天下者，世人永远惜其寿短。

所以，明白人不在乎生命之短长，只在乎益世与心安。

瘦骨仙与肥玉环

（牛博士对马妞说）

你以为李伯有吹牛之嫌：一个普通至极的退休老伯伯，怎么会认识这些光鲜的大名家？我却一点儿没觉得奇怪呢。

为啥？不为啥呀。你别看这些贵人如今神抖抖，脚踏彩云头顶光环，想挨上去沾点光的人多得很。可李伯结识他们时，你排排时间、扳扳手指看，今日大富大贵人却是彼时落拓穷酸人呢。不少人还戴着高帽挂着木牌，随时准备揪出去挨斗受辱呢。现在认识他们，或是炫耀的资本，那时，却是株连的祸根，连亲戚也像躲麻风病一般，避之唯恐不及呐。李伯与他们相识相交，是李伯伸援手送温暖呵，是李伯给他们点亮希望之光呵。

英姐又是另一种适例了。你看她与某某撇得多清，好像压根儿不认识，从来没有这个胞兄。你能想到两年前，不，一年半前，她三句不离"某某哥"的得意相吗？唉，谁叫她那个官运亨通却鬼迷心窍不争气的胞兄，从高高的官位上一跟斗摔进了牢房呢！才不过一年半，前英姐后英姐，判若两人 —— 实则，当然是一人。

小说、电影、电视剧中诸多被人们诟病的软伤、硬伤，病因往往就在这里：

没弄清特定背景便信口开河，想当然地把此时此地的"瘦骨仙"眼镜，架到了彼时彼地的"肥玉环"鼻梁上去。咳，不出洋相才怪。

春天来了

（马妞对牛博士说）

春天不是来了吗？你麻木呵，你看阳光还是冰凌上的寒光吗？是拥着你令你微醺的暖光啦。

我深呼吸，猛吸一口春天。我吸进了花草伸懒腰的春野——切，什么话，你吸不到我就一定吸不到了吗？我吸到了春野！

呀，我还吸到了雨林里鸟鸣清脆了呢，我还吸到了嶂峦间溪涧潺潺了呢。

我吸到了碧海白沙上贝壳呢喃、海星吟唱，吸到了辽阔草原上繁花如锦、蝴蝶翩跹，我吸到了春雨弹琴弦，我吸到了玉米荡茅檐，我吸到了梨花鼓翼远行，我吸到了白云落脚窗棂……停，捣什么乱！你说你能吸到月光铺陈挥洒？你能吸到星云瑰丽喷薄？得了吧，你就坏笑吧你！

现在我要放眼望啦，看大自然的摩天轮滴溜溜地旋转，从夏转到秋，从秋转到冬，如今又转回到了春天！

来几句春之祝愿吧：

我愿春雷取代雷人雷语，我愿公仆能全心全意为人民服务，我愿尊严不再是脂粉花黄，我愿善一定战胜恶，我愿田地抽出公正秧苗，我愿民心散发欢喜芬芳。

精神密码

（牛博士对马妞说）

别笑别笑。我操练的这套拳路有个名字的：《武松脱铐》。我少年时确实能舞得像模像样的呀，如今老胳膊老腿啦，只能比划个大概，出洋相了。

你说前半段"武松"显得很窝囊，后半段倒是很潇洒。这就对了。你想，被重重镣铐束缚着，纵然是打虎英雄，不想受解差欺侮又能怎样？不窝囊也不行啊。可是，一旦武松挣脱了镣铐，就轮到解差屁滚尿流了。

物质与精神这一对冤家，也是这样呢。

以前想想西方人太可笑，物质大大丰富了，精神却空虚了颓唐了扭曲了。物质不是为精神服务的吗？丰富的物质不是精神茁壮成长的养料吗？不承想，物质一旦挣脱了镣铐，物欲立即横流，精神只有低眉顺眼、神情黯然地低唱"落花流水春去也"的份了。

难道精神真的只能这么不济不堪下去了吗？当然不会。

所以我建议你要清神静心地去读经典。当别人不屑于经典，或只把经典叼在嘴上装高雅、作口头禅的时候，你务必要读，要真读，要读出其中的真髓。

精神是有密码的。而经典是解开精神密码的密钥。唯有清静才能通向清醒。眼清了脑醒了，才看得见、拿得到密钥。

动物浮世绘

（●牛博士▲马妞）

●读八卦新闻？瞧你兴致勃勃一副窥私欲的样子。

▲什么八卦新闻！你才有窥私欲呢！年尾岁初，不是一样一样都要来个回顾呵盘点呵吗？叱咤一时的政要、一惊一乍的富翁、垂涎豪门的美人……滴溜溜像超速摩天轮的吊椅，转得人头晕心烦。

●怨谁呢？没人按着你头看！

▲是呀，我挑我喜爱的动物看嘛。瞅瞅，闪亮登场的环球动物明星，好可爱！

●是，与人抢镜头的小松鼠，那一本正经的、憨厚的萌样，真的很可爱。看到茶杯猪，我却只剩可怜可悲之心了。你想，假如外星人为了好玩，硬把你培育成"三寸丁谷树皮"来玩耍，你会爽吗？

▲难道奥巴马的小水狗不可爱吗？

●它的当选是掺杂了其他因素的。你想，假如不是美国第一家庭的成员，人们会如此关注它吗？南非开普敦的狒狒们，袭击游客，洗劫汽车，简直是黑帮团伙了，算哪门子明星？黑煞星吧！至于阿富汗两头毛驴，纯粹是愚昧的化身、窝里斗的打手！而那头明星毛驴把骑在它背上的男孩摔了下来，显然并非奴性的觉醒，而是窝里斗斗红了眼、斗昏了头，顾不上主子了啊。

感觉禅

（牛博士对马妞说）

是，如今开口禅闭口禅、引经据典、故作高深、玩弄玄妙的朋友多得很。什么是禅？你不去问他们，却来问我。我的回答很干脆：不知道。

清晨，我走在路上。几乎天天经过的道路，今天有些异样。定神察看，是了，几个月光秃秃的梧桐枝杈上，忽然就冒出了成千上万、星星点点的新叶！

极鲜嫩的新叶鹅黄浅绿，是造物画师饱蘸了汁绿藤黄，在生宣纸上潇洒地点乱呐。触目横斜、兼工带写的树枝墨线，顿时蕴藉含蓄起来。画师还不忘恰到好处地露几笔爽健遒劲的焦墨枯笔，抖擞精神。满篇氤晕的墨彩，留着一小块一小块春之天空，呈着醉心迷意的江南银灰。银灰发散开去，与洋房红瓦、新楼蓝墙渗透，化生出了杏花细雨，沾衣欲湿。

行在这路上，是行在画里了，是行在诗里了。我是一颗盐粒，悠悠降落，缓缓消溶，渐成欢喜和风，与自然合一⋯⋯

你以为这类似于禅的意味？那只是你的感觉而已。我只是享受着，享受融合在春天里。

自信清净

（牛博士对马妞说）

千年一遇的日本强震震动世界，日本国民的冷静有序同样震动世界。"不要在我的墓前哭泣，我并没有睡在那儿，而是化作千年之风……"秋川雅思唱出了民众的自信清净。

我忽然想到了"火鸡太太"柴田和子。和子的职业是人寿保险。保险从业者在我国似乎并没有太好的形象，而和子却在日本广受欢迎。又因为感恩节她必会给客户送上火鸡而荣获"火鸡太太"的昵称。她实在没做出什么丰功伟业，她只是把人心的和蔼、人性的可亲，点点滴滴地糅进了寿险。她的设身处地，她的体贴入微，使千千万万的客户从容地跨过了一道道变故的人生之坎。她甚至把慈善创造性地引进了寿险业，让"生如夏花之灿烂，死如秋叶之静美"不只停留在字面的美上。她以为事业成功重要的并非技巧，并非狠抓经济指标，而是给人以信任，"让人愿意将所有的事情都交给你去办。"

"火鸡太太"之所以让人信任，是因为她自信清净呵；日本人之所以能静对重灾，是因为千万"火鸡太太"式的"自信清净酵母"，持久地发挥着作用呵。

多看看人家的长处，多学学人家的好处，我想，永远不会错。

才智之度量

（牛博士对马妞说）

是，为了让困难的计算变得容易，人们会变通。例如，从一颗星到另一颗星的距离，如果用公里来计算，恐怕写"零"要写到手指折断。于是，巧用本是时间的计量单位"年"，有了"光年"。

人的才智能度量吗？用什么来度量为好呢？

曹操与杨修经过曹娥碑，见碑上刻着谜语般的"黄娟幼妇外孙齑臼"八个字。曹操问："有解吗？"杨修答："有。"曹说："你先别讲，容我想想。"想呀想，走呀走，走出三十里地之后，曹说："有了"！一对，两人的答案一致无二。曹长叹一声："我的才智落后你三十里啊"！

注意，三国时期，曹操就用长度单位"三十里"的"里"来衡量才智了。

曹、杨的瓜葛通常被归结为一个警诫：聪颖太露，必见毁于嫉妒。培根也说过："德性不好的人必要嫉妒有道德的人。"可见中外一律，不必太在意。嫉妒是病，岂能与病人计较？

我想到的是另一面：假如当时有有心人，把类似的才智度量法加以归纳、总结、提炼，那么中国人在量化、测验，乃至提升才智上，恐怕早就遥遥领先于世界水平了。

笑口常开

（▲马妞●牛博士）

▲不！可！能！以你的脾气想修炼弥勒境界？无法想象。

●难，是很难。如果不难，还谈什么修炼呢？

正像圣诞老人是由一位圣徒演化而来一样，弥勒佛也是有原型的，即唐代布袋和尚。

这两位都和善、慈祥，一副乐呵呵的样子。更有意思的是，圣诞老人与弥勒佛不约而同都不离布袋。

圣诞老人的布袋用来装派送礼物。送人欢喜，他也得到欢喜，笑口常开。

弥勒布袋，用来装最简陋的生活用品。他会吟些诗偈，布袋里应该还装着诗稿吧。你提到的那首诗，正是布袋和尚杰作：

> 有人骂老拙，老拙只说好。
>
> 有人打老拙，老拙自睡倒。
>
> 有人唾老拙，由他自干了。
>
> 你也省力气，我也省烦恼。

常人根本无法忍受的，他却乐在忍中。其"忍"之境界实在非同一般啊。忍，给他以"笑天下可笑之人"的资格，忍，报他以笑口常开。

一样的"笑口常开"，产生的客观环境与主观精神却如此之不同，这一比较课题有意思吗？这篇论文今天就布置给你。希望我旅游回来，能看到论文。

拜拜！

中国当如此花

（牛博士对马妞说）

整整一百年前，即 1916 年，孙中山先生怀着一腔热血返回国内。

浙江督军吕公望请他到杭州观赏钱塘江大潮。

为叱咤风云蓄势的中山先生，触景生情，抒情咏志："世界潮流，浩浩荡荡，顺之则昌，逆之则亡。"

到杭州，游西湖自然是少不了的。当其时也，西湖"四顾山光接水光，凭栏十里芰荷香"，"接天莲叶无穷碧，映日荷花别样红"，一派美景。美景又触发了中山先生的情怀，复兴中华的愿景，汇聚成一个意象。迎荷风，他赞道："中国当如此花！"

此花，荷花也，中通外直，不蔓不枝，香远益清，亭亭净植。荷花，是君子，是净客，是清廉，是高洁，更是和美与吉祥，是中山先生之钟爱，亦是中华民族之心爱。

中山先生此回是要顺应世界潮流，做"手把红旗旗不湿"的弄潮儿来的。弄潮目的何在？不正是要让灾难深重的中华民族，像荷花一样，出离淤泥，芬芳四溢，昂然屹立于世界民族之林吗？

今日，中山先生当可含笑，中华民族不屈不挠，砥砺前行，伟大复兴之花，正在中国梦的祥云里，徐徐开放。

星斗满天（代跋）

（▲马妞●牛博士）

▲看什么呢？你以为你在仰望什么？什么也没有。别说星星，月亮也不见踪影。嗨，夜之混沌，不说暧昧，你也感兴趣？

●低层云，高层云，静的云，动的云……你知道陆机为什么说"精骛八极，心游万仞"？刘勰为什么说"思接千载，视通万里"？人的精神，人的心思是可以飞越八极万仞的，是可以穿透千载万里的。云层遮得住吗？

今天，人类摘除了浮云"白内障"，"视力"所及的直径已达1000亿光年。直径1000亿光年范围之内，有着多少颗星星？还不说更辽阔的"之外"。以前听到说三千大千世界，觉得不可思议。如今人类"目光"所及的大千世界，是远远不止三千的三千次方了。渺小的人类是多少种形态的生命之一种？浅薄的人类仅仅知道大千世界里的几个维度？"天地四方曰宇，往古来今曰宙"。宇宙之广大深远，真正是不可思议的。

古罗马有个叫朗吉弩斯的，他说："大自然把人带到宇宙这个生命大会场里，让他不仅来观赏全部宇宙壮观，而且还热烈地参加其中的竞赛"。说得很鼓舞人心啊。但，"观赏"不假，"全部"已成问题，被人类视为伟大到恐怖的太阳烈焰，在大自然中不是完全可以忽略不计的吗？人类要参加"竞赛"，还要冠以"热烈"，自我感觉未免太好了吧。

人类发出的一切豪言壮语，在群星闪耀的宇宙面前，毕露出苍白里的苍白，渺小里的渺小。我寻思：胡作非为、饱尝报应、伤疤未好便忘痛的人类，除了洗心革面，回归理应的谦恭、谦卑之外，还容得一星半点的虚骄、虚妄吗？

人类太渺小，人类太柔弱，人类的存活繁衍要有太多的必需条件。大自然把一颗美丽的蓝色地球派送给人类，谁敢说不是大自然的"恩宠"？对恩宠的回应不是"感恩"还能是什么？感恩的心理基础非"知足"莫属。唯"知足"，指向"长乐"。

　　"天翻地覆"是人们喜爱的常用熟词——天何曾翻？地何曾覆？大话而已。一粒微乎其微的病毒，已闹得人世间鸡飞狗跳、死去活来，不忍卒睹。而我举头望星空，星空宁静如故。由太空卫星回望蓝色星球，蓝色星球波澜不惊。

　　我倒是听见天堂送来上帝的笑声。

　　我耸耸肩，我摊摊手，我眨眨眼，我回上帝一个微笑。

　　人，作为人类的个体，米粒而已——小虽小，却是有生命的米粒。偏有一些米粒，不甘于小，不承认自己是米粒，偏要膨胀，发热而昏，变成一粒爆米花。爆米花的块头大则大矣，然而，空心化的爆米花把米粒的生命也膨胀掉了。

　　想知道"我从哪里来"吗？我仰望星空。想知道"我到哪里去"吗？我仰望星空。我自诊一切心之疑难杂症，我，仰望星空。

　　不管是万物生光的阳春，还是蜃气楼阁的孟夏，是草木萧瑟的寒秋，还是乱云急雪的隆冬；不管是阴是晴是雨是雪，不管是白天还是黑夜，我一抬头，所见都是满天星斗，令我深深敬畏的星斗满天。